OBJETOS DE PODER

# O TÚMULO NO PROMONTÓRIO

# MARCOS MOTA

OBJETOS DE PODER

# O TÚMULO NO PROMONTÓRIO

*Livro 6*

Principis

Esta é uma publicação Principis, selo exclusivo da Ciranda Cultural
© 2024 Ciranda Cultural Editora e Distribuidora Ltda.

Texto
© Marcos Mota

Editora
Michele de Souza Barbosa

Preparação
Fátima Couto

Revisão
Mônica Glasser

Produção editorial
Ciranda Cultural

Diagramação
Linea Editora

Design de capa
Filipe de Souza

Dados Internacionais de Catalogação na Publicação (CIP) de acordo com ISBD

| M917t | Mota, Marcos. |
| --- | --- |
| | O túmulo no promontório - Livro 6 / Marcos Mota. - Jandira, SP : Principis, 2024. |
| | 224 p. ; 15,50cm x 22,60cm. - (Objetos do poder ; vol 6) |
| | ISBN: 978-65-5097-192-2 |
| | 1. Literatura brasileira. 2. Fantasia. 3. Simbolismo 4. Ocultismo. 5. Magia. 6. Poderes sobrenaturais. I. Título. II. Série. |
| 2024-1986 | CDD 869.93 |
| | CDU 821.134.3(81)-34 |

Elaborada por Lucio Feitosa - CRB-8/8803

Índice para catálogo sistemático:
1. Literatura brasileira    869.93
2. Literatura brasileira    821.134.3(81)-34

1ª edição em 2024
www.cirandacultural.com.br
Todos os direitos reservados.
Nenhuma parte desta publicação pode ser reproduzida, arquivada em sistema de busca ou transmitida por qualquer meio, seja ele eletrônico, fotocópia, gravação ou outros, sem prévia autorização do detentor dos direitos, e não pode circular encadernada ou encapada de maneira distinta daquela em que foi publicada, ou sem que as mesmas condições sejam impostas aos compradores subsequentes.

*Para Cristiane e Marcelo.*

*Se existe o demônio Legião,*
*esse demônio é o Vento, com certeza.*
Victor Hugo (*Os trabalhadores do mar*)

# SUMÁRIO

Parte I
    Prólogo .................................................................................. 13
    Despedida ............................................................................. 18

Parte II
    Antônio Feroz ..................................................................... 31
    Coração Negro .................................................................... 44
    A Dobra de Ouro ................................................................ 54
    A magia do tempo .............................................................. 64
    Viagem inesperada ............................................................ 78

Parte III
    Do tombadilho à gávea ..................................................... 99
    Nas Ruínas de Zara .......................................................... 114
    O sétimo Objeto ................................................................ 121
    Tempestade à vista ........................................................... 136

Parte IV
    Nasce Isaac Samus ........................................................... 147
    Luta pela vida .................................................................... 156
    Canto mortal ..................................................................... 164
    O kraken ............................................................................. 173
    Na ilha ................................................................................ 183

Parte V
    O túmulo ............................................................................ 199
    Adeus e olá ........................................................................ 214
    Epílogo ............................................................................... 221

# PARTE I

# PRÓLOGO

Sou uma bibliotecária, mas, acima de tudo, também uma contadora de histórias. Não é minha intenção assustar as crianças.

Bem... talvez apenas um pouco.

O medo é um dos sentimentos mais poderosos que podemos experimentar, assim como o amor. Então, será interessante deixar pitadas de horror nesta história.

A bem da verdade, se eu não a estivesse contando para anões tão jovens, eu colocaria os fatos da forma como aconteceram. E teríamos uma história grotesca, de arrancar calafrios da espinha. Tudo foi muito pior do que o que estou narrando, mas eles ainda não têm idade para ouvir.

Por outro lado, também quero poupar a memória dos heróis de Enigma. Isaac, Gail, Arnie, Le Goff (ah, meu querido Lili), Aurora e Pedro merecem ser lembrados honrosamente.

Quanto a esses anões que estão diante de mim... precisam conhecer com detalhes a mitologia dos Objetos. Contudo, de uma maneira adequada para sua idade. Quando forem adultos, se quiserem a versão completa – afinal, nem todos se tornarão historiadores –, que pesquisem na biblioteca os manuscritos de Iannez.

Iannez. Engraçado. Ele viveu na época desses acontecimentos e dos que vieram após a divisão do reino, mas também já está morto. Sou a única anã viva que presenciou toda a luta pela posse dos Objetos de Poder, o ressurgimento de Hastur e o Segundo Aprisionamento. Quanta tragédia!

– Professora, o intervalo acabou. Quando vai nos contar mais sobre os Possuidores dos Objetos de Poder? – perguntou Emerson.

Tão jovem e tão interessado! Como me orgulho de meu trabalho! Durante trezentos e cinquenta anos, meu vigor é o mesmo quando se trata de contar como tudo aconteceu.

– Querido, vamos retomar a história, não se preocupe – respondo delicadamente, encarando o olhar curioso que me dardeja.

É inverno nas Terras Altaneiras. A vidraça das janelas é açoitada pela neve, como uma penitente vítima de flagelo, enquanto o vento assobia penetrante pelo buraco da fechadura da sala.

Esta talvez seja a última turma de anões alados que me ouvirá falar dos Objetos de Poder.

Eu os encaro com um olhar de benevolência, tentando amenizar a dor e o sofrimento que eles experimentarão com tudo o que estão prestes a ouvir.

– Estão todos aconchegados em seus lugares? – pergunto com um olhar afetuoso. – Estamos entrando na parte final de nossa história. Preciso que vocês estejam certos sobre tudo o que ouviram até aqui.

Ninguém se manifesta. Apenas um punhado de olhares inertes me golpeia no silêncio que se segue.

– Isaac detém os Dados de Euclides e, com isso, consegue prever muitos fatos que ainda acontecerão. O Objeto o transformou em um vidente, mas seu desejo é tornar-se um guerreiro, como Bátor. O que, de certa forma, já está ocorrendo.

Penso se devo avisá-los.

– Ah, crianças! Eu os poupei de muitos detalhes e fui obrigada a ocultar outros tantos. Isaac matou um homem pela primeira vez quando defendia a rainha Owl, na invasão ao palácio. Ele não é mais, nem de longe, um menino. Como vocês devem ter percebido, ele já se tornou um homem e está prestes a se tornar um verdadeiro guerreiro.

– O que o torna um guerreiro? Matar um homem?

Sou interrompida. Mas, com razão, preciso explicar melhor as coisas para eles.

– Oh, lógico que não, Marília. Um verdadeiro guerreiro não se dispõe a matar pessoas. Pelo contrário, ele poupa a vida delas. E foi para salvar a vida da rainha que um homem mau precisou ser morto. Percebem como as coisas podem se tornar bem mais complexas? Isaac estava no palácio com Gail, Bátor e Le Goff. Gail tem o Cubo de Random e consegue controlar as variáveis atmosféricas. Um superpoder, não?

As crianças se divertem ao ouvirem falar do poder do cubo.

– Bátor, o pai de Gail, é quem vai liderar a expedição cuja história vocês estão prestes a ouvir. Bem... liderar até certa parte da história... – digo com um lamento expressivo, indicando-lhes que algumas coisas não acabarão bem.

– Le Goff também vai com eles? – pergunta Matheus, um anão de olhos pretos com lindas tranças negras encaracoladas.

Contive um suspiro. Eles já sabem como eu amei Le Goff, o anão alado dono da memória mais poderosa que nosso reino já conheceu. Não queria dar pistas da calamitosa história que eles estavam prestes a ouvir. Por Mou! Como aquilo foi acontecer?

Segurei uma lágrima. Por cento e cinquenta anos, sempre me emociono quando chego a essa parte da narrativa. Mas eu sei que esses pequeninos anões voadores já estão preparados para ouvir.

– Claro que Le Goff foi com eles. Afinal, ele é o Possuidor do Pergaminho do Mar Morto, um poderosíssimo Objeto capaz de contar toda a história já ocorrida e, como vocês já sabem, também capaz de fazer uma pessoa viajar ao passado.

— Esse é o meu Objeto preferido, professora.

— Que bom saber, Massaki. Bem... Isaac, Bátor, Gail e Le Goff descobriram onde se encontra o último Objeto de Poder. O Objeto que pertencia aos anjos está em algum lugar no litoral leste de Enigma. Após jogar os dados várias vezes, Isaac descobriu que precisavam seguir para a cidade de Parveen.

— Arnie, Pedro e Aurora não estão com eles.

— Não. Não estão. Eles passaram por momentos terríveis na Montanha da Loucura, mas já não estão mais por lá também.

— O que vai acontecer agora?

A curiosidade das crianças é tocante, principalmente em se tratando das histórias do reino.

— Meus amores, embora vocês tenham se apegado a nossos protagonistas e eles sejam a chave para desvendar todos os mistérios do que aconteceu, nossa história não é sobre eles, mas sobre os Objetos que eles carregam. Por isso eu preciso me adiantar e falar sobre o sétimo Objeto de Poder.

— Eu gosto de ouvir falar de Aurora.

— E, eu, de Arnie.

— Le Goff é meu personagem preferido.

Um coral de vozes irrompeu o recinto, deixando-me constrangida, enquanto meia dúzia de anões trancavam a cara ao me ouvirem dizer que não contaria nada sobre seus heróis preferidos.

— Calma! Vocês saberão um pouquinho sobre cada um deles antes de eu começar a falar de Tom — expliquei.

— Eu não quero saber de Tom. Eu nem sei quem ele é... — resmungou um pequenino.

— Ele é o sétimo Possuidor — apostou outro.

– Se vocês gostaram de todas as histórias que ouviram até aqui, precisam confiar em mim. Eu falarei um pouquinho sobre cada um dos seus personagens mais queridos. Serei breve e vou me deter em situações que preciso contar para que vocês compreendam tudo sobre o último Objeto a ser encontrado.

– Haverá enigmas desta vez?

Eu sorri diante da pergunta de Alex, um anão tão peculiar quanto fora Le Goff. Um admirável aluno da Sétima Aldeia. Ele tinha problemas de visão, mas voava mais alto que qualquer outro ser alado.

– Lógico que haverá enigmas! Muitos deles! Deixem-me começar a narração, pois ela será longa, e talvez precisemos dividi-la em duas partes.

# DESPEDIDA

A brisa vinda do mar já não aquecia mais como antes havia dias, mas soprava delicada na pele negra de Aurora, como na época em que ela vivera sua grande aventura na cidade de Matresi, em busca do Objeto de Poder das fadas. Era outono.

Muita coisa mudara. A notícia da morte de Huna já chegara aos ouvidos de Morgana. Aurora e sua avó choraram juntas, algo extremamente necessário quando se está de luto. Contudo, também decidiram ficar de bem uma com a outra.

Depois de tudo pelo que passara, a jovem fada crescera. E Morgana percebeu isso.

O Farol de Bron continuava imponente do outro lado da baía, misterioso, indecifrável, convidativo, enquanto as gaivotas voavam sobre as areias da praia de Bolshoi.

– Então, ficaremos por aqui? – perguntou Pedro, abraçando Aurora.

– Finalmente, temos tudo o que sonhamos. Voltamos para os braços de nossos familiares e estamos juntos.

Ela virou o rosto e beijou a face do aqueônio, que se manteve circunspecto.

Os olhos repuxados de Pedro miravam a figura grotesca e enorme sentada na pedra perto da água, onde as ondas quebravam e espumavam sem força. Era Arnie.

– Ele praticamente foi obrigado a vir comigo. Eu me joguei do alto da torre, porque apostava que ele iria se transmutar em um gato alado. Ele não teve escolha.

– Pare de se culpar, Pedro!

– Arnie está devastado, Aurora. Há dias, chegamos a Bolshoi. Estamos felizes por estarmos de volta ao lar. Ele não. Gigantes não são comuns nesta parte do reino, por isso todos o adoram e se divertem com ele. Foi muito bem recebido, mas está infeliz.

– Ele está infeliz por causa de Matera.

– Não somente por causa dela. Todos nós perdemos algo e nem por isso estamos depressivos. Eu perdi minha cauda…

Aurora se desvencilhou dos braços de Pedro e o encarou. Sua postura o interrompeu.

– Ele pode voltar para a terra dele quando quiser.

– Aurora, não fale assim. Ele pode escutar e entender errado.

– Ele está muito longe para nos ouvir.

– Ele está usando os braceletes, pode ouvir à distância.

– E você tem a Pena de Emily, pode ler meus pensamentos. Então olhe nos meus olhos.

Pedro encarou a fada e começou a escutar os pensamentos dela.

"Pare de se culpar pelo gigante. Se você não o tivesse obrigado a ir para a Montanha da Loucura, ele jamais teria conhecido Matera."

– Ela morreu por ter desobedecido ao pai. Ela o fez porque estava apaixonada por nosso amigo. Ele se sente culpado – cochichou o aqueônio.

"Arnie não matou a garota, foi um Objeto das Trevas. Ninguém tem culpa disso, Pedro. O que você acha que vale mais a pena: viver um amor verdadeiro, ainda que seja por um instante, ou nunca o ter conhecido?"

Pedro se engasgou e não conseguiu responder. Esquadrinhou o manto de Lilibeth que emoldurava o corpo de Aurora. Os raios de sol incidiam sobre seu tecido vermelho coruscante. Ele a puxou para perto de si, abraçando-a.

– Não quero nunca perder você – disse o aqueônio.

O casal se manteve com o rosto colado um no outro, lado a lado. O abraço se manteve apertado. Não podiam distinguir se ouviam seu próprio coração ou o do outro.

A fada contemplou seu unicórnio, Chifrudo, que cavoucava a areia da praia do lado oposto àquele em que o gigante se encontrava. Ela se sentiu feliz. Agora era uma monarca. Lembrou-se do grimório herdado de sua mãe. Ela o estudava durante todos aqueles dias de paz.

Quando fosse possível, Aurora viajaria pelo reino à procura das duas outras monarcas. Precisava conversar com elas. Muito provavelmente já saberiam que Huna morrera.

Pedro não conseguiu ler os pensamentos da fada porque não estava olhando nos olhos dela. Ele continuava mirando a figura sombria de Arnie, assentado na pedra, olhando para o além-mar.

De repente, Chifrudo relinchou. Apenas Aurora ficou atenta à reação de seu unicórnio. Com o passar dos dias, eles vinham desenvolvendo uma comunicação própria. O animal emitia sons, e ela começava a entender o que ele queria dizer.

Quando a fada empurrou Pedro, desvencilhando-se do abraço, o que o aqueônio viu na face dela foi espanto.

Inicialmente, ela caminhou. Seus passos foram ganhando velocidade até que ela pisou a areia com a energia de um leopardo, fazendo com que Pedro a seguisse.

Arnie não percebeu o que acontecia. Estava absorto demais para se importar com fosse o que fosse.

O casal se afastou ainda mais do gigante, fez uma leve curva atrás de uns arbustos e parou, estarrecido. Chifrudo relinchou e, por fim, aquietou-se.

– O quê...? – Aurora não conseguiu completar sua frase.

– Le Goff? – exclamou Pedro.

O anão estava caído, tentando se apoiar no tronco fino da árvore que o escondia com suas folhagens. Parecia um trapo – um trapo esbranquiçado, devido à sua cor albina, cheio de hematomas vermelhos e roxos espalhados por todo o corpo.

– O que você está fazendo aqui? – perguntou finalmente a fada.

– Você está péssimo – comentou Pedro, sentindo pena do anão.

– Precisamos avisar Arnie.

– Não! Aurora, não! – implorou Le Goff.

Aurora e Pedro ficaram imóveis, confusos e angustiados. O anão estava ferido. Havia escoriações em seu rosto. Ele se apoiava revezando-se num braço e noutro, de tempo em tempo, enquanto tentava se erguer. Havia cortes em sua roupa.

– O que está acontecendo? Onde estão os outros? Isaac, Gail, Bátor? Quando você chegou?

O aqueônio tentou ler os pensamentos do anão, mas não conseguiu. Estavam confusos e transmitiam uma sensação de morte.

– Eles não vieram comigo, Pedro.

Le Goff enfiou a mão no bolso e retirou o Pergaminho do Mar Morto.

– Você usou seu Objeto de Poder – deduziu Aurora. – Você veio do futuro.

– Mas como somos capazes de vê-lo e conversar com você? – indagou Pedro.

– É uma longa história – respondeu Le Goff, retirando um alforje do outro bolso. – São os Dados de Euclides. Quando eles estão próximos do pergaminho, eles nos permitem fazer isso.

– Por que os dados estão com você? – perguntou Aurora, incrédula e cheia de temor. – O que aconteceu com Isaac?

– As coisas só pioraram depois que vocês foram embora, Pedro.

O anão emitiu um ganido, e a pele de seu rosto tremeu, sacudindo-lhe a barba.

– Arnie precisa ver você, Le Goff – disse o aqueônio.

Comovida, Aurora apressou-se a dizer que o gigante estava próximo.

– Não. Por favor, não o chame ainda – insistiu o anão.

O casal não compreendeu o mistério que se desenrolava diante de seus olhos.

– Pedro... – disse Le Goff com fraqueza na voz, como um moribundo. – Quando eu emprestei o pergaminho para que você e Arnie pudessem encontrar a localização de Aurora, vocês me fizeram uma promessa, lembra?

O aqueônio lembrava, mas não entendeu do que se tratava.

– Eu disse que um dia precisaria do seu Objeto e que você deveria emprestá-lo para mim quando chegasse a hora – completou o anão. – Então, por favor, esse dia chegou.

Aurora estava atônita. Ela não gostava do jeito do anão. Caminharam toda a jornada pelo Pântano Obscuro, desentendendo-se um com o outro. Ela sempre o achara soberbo e atrevido. Mas agora se sentia tocada ao saber que Le Goff ajudara Pedro a encontrá-la, sem falar do estado deplorável do pequeno ser que tinha diante de si, o que lhe causava mais dó. Qualquer um seria digno de pena com aquela aparência.

– Por favor, não sei quanto tempo ainda tenho. Preciso falar com Arnie, mas não sem antes estar com a Pena de Emily.

Pedro encarou Aurora. Que negócio seria aquele? Aonde o anão pretendia chegar? Surgira repentinamente do futuro, num estado lastimoso e detestável, cobrando uma promessa. E simplesmente sem esclarecer mais nada.

A fada acenou positivamente, encorajando seu amado a entregar-lhe o Objeto.

Quando a Pena tocou as mãos de Le Goff, uma energia percorreu seu corpo.

Chifrudo relinchou alto, desta vez chamando a atenção do gigante que estava do outro lado da praia. Era como se o unicórnio pudesse entendê-los.

Não passou um minuto e a sombra colossal de Arnie toldou a do anão.

– Le?

A exclamação de surpresa misturava a alegria do reencontro com a suspeita de que algo não estava bem. Arnie avançou um passo na direção do amigo, com a intenção de pegá-lo nos braços, mas se deteve.

Aurora e Pedro ameaçaram deixá-los a sós.

– Por favor, Pedro! Por favor, Aurora! Fiquem. O que tenho a revelar diz respeito a vocês também.

Assim como seus amigos, Arnie quis perguntar o que estava acontecendo. Mas preferiu se manter calado. Eles olhavam para Le Goff como quem se despede de um defunto em um velório.

Chifrudo, sempre imponente e majestoso como todo unicórnio deve ser, galopou silencioso em direção à sua dona.

A brisa anunciava a chegada do outono. O sol já não brilhava mais com o fulgor do verão. O murmurinho das ondas quebrando, da água escorrendo para o fundo do mar e, novamente, retornando para fechar seu ciclo, era o único ruído que se ouvia.

Le Goff tentou sorrir para o gigante, contemplando-o do chão. Todos os olhares estavam fixos no anão.

– Você deve estar se fazendo muitas perguntas, meu amigo Arnie.

– Você não me parece bem, Le.

O anão tentou novamente sorrir, mas lágrimas escorreram de seus olhos azuis cansados.

Ele se conteve. Não estava ali para assustar Arnie.

Estoico, o gigante parecia não respirar, considerando o estado calamitoso do anão.

– Na Terra dos Anjos, alguns navios saem da cidade costeira de Parveen e cruzam o oceano até o Arquipélago das Sete Irmãs.

Os lábios de Le Goff continuavam tremendo. O anão estava debilitado, mas precisava dar um recado para seus amigos.

– Na Ilha da Caveira, mais ao sul, bem próximo de onde os navios atracam, existe um promontório. É fácil identificá-lo, porque, bem perto de sua parte mais elevada, junto às casas dos pescadores, foi construído um túmulo.

As lágrimas voltaram a cair do rosto do anão. Ele parecia horrorizado ao falar do túmulo do promontório.

– Eu não posso falar muito, meu amigo. Eu vim do futuro. Estou dois dias à frente do seu tempo. E você sabe muito bem o que aconteceu quando você retornou no tempo e tentou me salvar... Huna foi morta.

Aurora se espantou. Ainda não sabia o que verdadeiramente causara a morte de sua mãe.

Pedro a censurou com o olhar. Não era hora para discussões. Haviam passado por muitas situações ao se separar, e nem tudo deveria ser dito. Em outro momento ele contaria à fada o que acontecera em Corema, se fosse necessário.

– A vida segue um fluxo, e o que está feito está feito. Eu não poderia tentar interferir, nem mesmo para salvar minha própria vida. – Le Goff parou de falar para chorar novamente.

Esse foi o único instante em que Arnie desviou os olhos do anão para observar a reação de seus outros amigos. Eles não sabiam o que dizer. Se tentassem arrancar do albino alguma informação sobre o futuro, poderiam provocar mais danos do que o que quer que estivesse acontecendo por lá.

– Precisamente daqui a dois dias, Isaac e Gail estarão neste promontório, onde existe um túmulo. Vocês têm de encontrá-los, pois eles precisarão de ajuda. Não somente a vida deles como a de todas as pessoas do Reino de Enigma corre grande perigo. Os deuses exteriores não podem se livrar de seu aprisionamento. Vocês precisam impedir Hastur.

Um calafrio percorreu o corpo de todos os que o ouviam.

Chifrudo se agitou, empinando as patas ao escutar o nome maldito.

Le Goff caiu para trás, fraco e quase perdendo a consciência. Ele tremia. Parecia ter ficado muito tempo exposto ao sol com sua pele albina e sem proteção.

Arnie se abaixou e o confortou. Retirou a camisa do anão. Em seguida, o gigante rasgou um pedaço da manga de seu próprio casaco. O tecido grosso da vestimenta do gigante foi enrolado ao redor do abdômen e do peito do convalescente para confortá-lo. Ele colocou novamente a camisa nele e ficou a contemplá-lo até que ele restaurasse os sentidos.

– Você precisa descansar – disse Aurora.

– Vamos levá-lo para minha casa.

– Não, Pedro. Agradeço a consideração. Mas vim aqui porque já é tarde para mim. – Então, virando-se para o gigante, Le Goff confessou: – Arnie, eu nunca fui o amigo que você merecia ter. Perdoe-me!

Chifrudo emitiu um ganido, dando a entender que era sua maneira de se lamentar pelo que escutava.

– Não precisamos voltar a esse assunto novamente, Le –rebateu Arnie. – Você não está bem e, como Aurora disse, precisa de descanso.

– Eu vou descansar, meu amigo. Meu descanso está chegando.

Como uma lâmina afiada, as palavras do anão cortaram a alma de Arnie.

Aurora e Pedro também entenderam que Le Goff estava prestes a morrer.

– Não fale assim – pediu o colosso.

– Eu só vim aqui porque preciso ouvir algo de você, Arnie. Você me perdoa por tudo o que o fiz passar?

Sôfrego, o anão fez a pergunta com a voz a fraquejar.

– Eu não tenho que perdoá-lo de nada, Le. Não precisamos falar sobre isso.

– Só me responda.

– Quantas vezes mais terei de dizer a mesma coisa?

– Por favor, Arnie, olhe nos meus olhos. Preciso saber se você está dizendo a verdade.

– Claro que estou.

O olho único de Arnie enxergou escuridão no azulado olhar do anão quando o fitou. E Le Goff soube da verdade.

– Se eu pudesse voltar no tempo para mudar as coisas...

– Você não tem de mudar nada, Le. As pessoas se desentendem por vários motivos, mas isso não significa que elas não possam se amar, principalmente em se tratando de amigos. Você sempre foi perfeito com todas as suas imperfeições. Todos nós temos momentos dos quais não nos orgulhamos. E isso faz parte.

– Não você, Arnie – insistiu o anão. – De todos nós, você é o mais nobre. Este mundo não merece sua bondade.

Arnie olhou para Pedro e Aurora, sem saber o que dizer.

– Pedro... – a voz fraca do anão chamou pelo aqueônio. – Onde está sua bela cauda?

Le Goff estendeu a cabeça para trás, cansado.

– Eu a perdi em combate.

– Sinto muito – lamentou-se o albino. – Anões alados nunca deveriam nascer sem asas, aqueônios nunca deveriam perder a cauda... Isso é trágico!

Um lampejo se acendeu na mente do aqueônio, que pensou na possibilidade de não voltar mais a ver o alado.

– Se há alguém aqui que precisa pedir desculpas, esse alguém sou eu, pois hoje eu sei por que você sempre agiu como agiu, Le Goff – revelou Pedro. – Nem sempre é suficiente colocar-se em pensamento no lugar do outro. Às vezes precisamos percorrer com nossos próprios pés o caminho do próximo para realmente compreendê-lo.

O anão fechou os olhos e abriu um leve sorriso de sarcasmo ao ouvir aquilo. Estava rindo de si mesmo.

– Que ironia! – exclamou Le Goff, chorando ainda mais. – Aqui estou eu, caminhando com meus próprios pés pela estrada de outro.

– Deve haver um motivo para todas as coisas acontecerem do jeito como aconteceram – comentou a fada.

– Um grande amigo certa vez me disse que não podemos mudar o passado. Ele é obstinado e sempre arrumará uma forma de reorganizar o que tiver de ser – disse Arnie, relembrando ao anão uma conversa que haviam tido quando buscavam o Cemitério Esquecido dos Anões Alados.

Le Goff estendeu a mão, evidenciando a Pena de Emily.

Arnie ficou surpreso. O anão estava lendo seus pensamentos o tempo todo, por isso não desviava os olhos dos dele.

Pedro percebeu que Le Goff lhe devolvia o Objeto de Poder, então o pegou.

– Isaac e Gail precisam de vocês. Encontrem-nos no promontório onde existe um túmulo. Corram!

Imediatamente o anão desapareceu diante dos olhos de Arnie, Aurora, Pedro e Chifrudo. Ele retornara para o futuro.

# PARTE II

# ANTÔNIO FEROZ

Aquele deveria ser um dos dias mais felizes para Antônio Feroz Baamdô. Contudo, estava sendo, desde o começo, um dia terrível, péssimo, ruim mesmo.

Tom, como era conhecido, morava com Ismael, seu pai, em um casebre nas docas da cidade de Parveen. Sobreviviam do trabalho braçal, carregando e descarregando navios.

Ismael fora marujo. Trabalhara na marinha mercante. Agora, contudo, estava muito velho para o ofício no mar. Sua idade também era avançada para o trabalho de estivador, mas precisava sustentar a si mesmo e a seu filho, por isso ainda se sujeitava a colocar nas costas sacos e mais sacos pesados de farinha, ou do que quer que fosse, e levá-los para as embarcações.

Tom fizera catorze anos. Era um garoto saudável e poderia muito bem oferecer conforto e descanso para Ismael, mas era muito preguiçoso. Assim, ganhava a metade do salário que sua juventude poderia lhe proporcionar. Ismael não reclamava, pois amava o filho.

Antônio Feroz fazia jus a seu sobrenome. Conseguia ser impetuoso e sutilmente cruel. Suas galhofas podiam ser confundidas com alegria espontânea. Todavia, não passavam de premeditada zombaria.

Tom era um rapaz sorridente e muito comunicativo. Sua maior qualidade, porém, era a sublime doçura de sua voz e seu dom inato de manejar um instrumento musical. Ele era um bardo e, com sua arte, conseguia também manipular os sentimentos das pessoas com facilidade.

Se não fossem seus cabelos castanhos encaracolados, sua pele alva, seu porte rechonchudo e seu andar folgado, suas atitudes brincalhonas fariam com que ele fosse confundido com um duende ou um gnomo do bosque.

Uma vez que abrisse a boca para entoar um cântico, faria sua plateia parar e contemplá-lo. Tinha ouvido absoluto. Era capaz de identificar timbre e altura de notas musicais de olhos fechados, o que o ajudava muito ao analisar a emoção das pessoas quando elas falavam. Tom conseguia diferenciar variações vocais dificilmente perceptíveis a um ser comum. Essa era outra das habilidades raras dos bardos.

E, pelo fato de ter uma voz muito aguda – de um exímio tenor –, sofria perseguições por parte de um grupo de garotos da escola, mesmo durante as férias, que já se encontravam no fim. Os meninos o chamavam por nomes pejorativos, por pura implicância. No fundo, eles o invejavam, porque Tom conseguia se tornar o centro das atenções onde quer que começasse a tocar um instrumento ou cantar. Isso era bastante eficaz, principalmente na cidade litorânea de Parveen.

Podemos considerar Parveen a cidade mais mística de todo o Reino de Enigma, mais até do que as cidades nórdicas da Terra Encantada. Parveen era a capital da Terra dos Anjos. Tinha um templo gigantesco que fora erigido havia mais de dois séculos pelas próprias criaturas primitivas que já não ocupavam a mesma dimensão dos humanos. O templo era conhecido como Torre de Mou, dedicado e consagrado ao divino Criador de Todas as Coisas, o Único, o Primeiro e o Último: Moudrost.

O templo se estendia por 218 metros na direção do mar, com uma altura de 150 metros até a cúpula da torre central. Tinha uma área total de 23 mil metros quadrados, e a maior parte da estrutura preservava as pinturas e formas da construção original.

Caravanas com multidões de seres de todos os povos lotavam seu recinto principal durante as festas divinas anuais. E o dia presente marcava, junto com o outono, o início de tais festividades em Parveen.

– Eu não quero arrumar confusão com vocês – advertiu Tom.

No fundo, o bardo estava se borrando de medo, mas, ainda assim, não perdia o bom humor e o sarcasmo. Já apanhara certa vez de Leon e sua turma. Arrancaram-lhe sangue do nariz com um gancho de direita.

– Baamdô, o bardo, a gazela – caçoou Leon, escoltado por mais três meninos que, de cara fechada, metiam-se a valentões.

– Você fala assim porque está em maior número. Sozinho, com certeza levaria uma surra de mim – afrontou Antônio com o olhar agudo como o de uma águia.

Leon não respondeu de imediato ao ultraje, mas se enfureceu ainda mais. Sabia que Antônio estava certo. Sem seus amigos por perto, ele jamais ousaria implicar com o filho do estivador. O grupo lhe trazia a falsa confiança de que era mais forte e corajoso que Tom.

– Vou encher sua boca de socos, pra você aprender a falar comigo, seu maricas!

Os quatro agressores avançaram, obrigando Tom a correr.

As ruas estavam repletas de devotos, que enchiam as pousadas da cidade naquela época do ano, para a Festa da Adoração. Barracas de ambulantes, que vendiam as mais raras especiarias e objetos de culto, lotavam as vielas e ruas.

Justificando um de seus apelidos, Tom se jogou contra a multidão, veloz como uma gazela. Saltou por cima de uma barraca e desviou-se de uma mulher que segurava um bebê no colo. Quase atropelou um aqueônio, que se livrou da pancada porque conseguiu retrair a cauda com precisão e a tempo, evitando o choque contra o corpo do bardo.

Tom era realmente rápido e conhecia como ninguém as ruas de Parveen.

Os perseguidores se separaram ao comando de Leon, que traçou na mente dois caminhos prováveis que Antônio poderia fazer. Eles não conseguiriam alcançar o jovem estivador se não tivessem uma estratégia ou usassem um atalho.

Uma berlinda surgiu inesperadamente na frente do bardo, que se chocou contra a porta do veículo. Foi o único instante, em toda a fuga, em que o garoto realmente desacelerou.

Uma jovem de cabelos pretos e grandes olhos azuis colocou a cabeça para fora da berlinda, para ver o que a atingira, e o bardo se perdeu na imensidão do olhar da garota. Era como se o tempo tivesse se congelado, e os poucos segundos em que os dois se detiveram a contemplar um ao outro pareceram eternos.

Sua integridade corria grande perigo, por isso Antônio despertou do encanto produzido pela imagem da jovem imaculada à janela do veículo e pôs-se novamente a correr. Mas não sem antes lançar um sorriso para a menina.

Ao virar a esquina, avistou dois de seus rivais saindo do beco à frente. Certamente haviam pegado o atalho da rua acima, o que obrigou Tom a dar meia-volta e seguir pela ruela oposta.

O caminho era rústico e valado. Estava imundo e malcheiroso. Também começava a ficar solitário.

Antônio conhecia bem a estreita passagem no centro da cidade. Os comerciantes costumavam jogar ali dejetos e mercadorias apodrecidas ou não prestavam à venda. Somente no fim do dia seriam recolhidos e destinados aos aterros adequados.

Dois de seus oponentes surgiram do beco sul. Seria lógico deduzir que Leon e o outro rapaz o aguardavam no fim da ruela onde ele se enfiara. De maneira perspicaz, Tom se jogou dentro de um tonel depositado no canto do corredor formado pelas casas, ao longo da erma passagem. Ali permaneceu imóvel, em completo silêncio, aguardando seus perseguidores irem embora.

A ruela estava deserta. A maioria das construções tinha dois pavimentos, algumas com varandas que lhes serviam para secar roupas penduradas em varais.

O som vivo da multidão de turistas e dos ambulantes, gritando os preços de suas mercadorias, parecia distante dentro do tonel onde Tom se escondera.

Os quatro marmanjos se reencontraram na ruela exatamente como o bardo havia previsto, vindo cada grupo de um lado.

Com o dedo na boca, Leon fez sinal de silêncio para seus amigos e caminhou com cautela, vasculhando cada canto sombreado pela elevação dos edifícios. Ele estava certo de que Antônio não poderia ter encontrado outra passagem que não fosse a ruela.

Dentro do tonel, Tom segurava a respiração e evitava tremer para não provocar qualquer ruído que o denunciasse. Se fosse descoberto, apanharia outra vez.

De repente, para surpresa do bardo, o tonel virou.

Um dos garotos gritou:

– Ele está lá dentro!

E tudo começou a girar.

Sem piedade, Leon rolava ao longo da viela o enorme recipiente com Antônio Feroz dentro.

As aduelas da vasilha, fragilizadas como a casca de um ovo jogado sobre uma bancada de granito, começaram a ranger e quebrar, devido ao atrito provocado pelas pedras do calçamento. Afrouxaram-se das tiras de ferro que as mantinham unidas e, por fim, separaram-se quando o tonel colidiu contra uma parede.

– Aí está ele! Nosso cantor majestoso... – zombou um dos garotos.

– É verdade que será a principal atração do coral na festa? – perguntou Leon, tirando sarro da cara de Antônio.

– Ele é o queridinho do maestro – riu outro.

– Vai cantar ao lado da sua namoradinha?

– Aquela garota com uma cicatriz horrenda...

– Ele namora um monstro.

Uma chuva de galhofas irrompeu no beco.

Antônio torcia para que surgisse alguém que pudesse vir em seu socorro.

Leon se aproximou de sua presa e lhe desferiu um pontapé na barriga.

A dor aguda do ataque fez com que Antônio gritasse de dor e se arrastasse para trás, amedrontado.

– Vamos, gazela! Cante para nós – pediu Leon, escarnecendo das qualidades do garoto caído à sua frente.

– Uhhh, ela só sabe gemer! – satirizou outro rapaz.

O segundo chute desferido foi parado a meio caminho pela mão esquerda de Tom, que segurou a perna de seu oponente.

Leon se desequilibrou e também caiu, fazendo com que Antônio tivesse tempo para se recobrar e levantar-se.

Os três cúmplices de Leon ficaram assustados com a ousadia do bardo. Mas, como estavam em maior número, mantiveram-se com arrogância, esperando que o líder do grupo se restaurasse do tombo e lhes desse uma ordem.

– Vou acabar com você, seu desgraçado! – gritou Leon, erguendo-se de sobressalto.

A algazarra da confusão dos meninos se misturava com a gritaria do mercado de Parveen, por isso não chamava a atenção dos moradores dos edifícios.

O sino do templo começou a badalar, anunciando o meio-dia. Estridente, podia ser ouvido por toda a cidade.

Inesperadamente, Antônio imitou o som do badalo, fazendo com que sua voz entrasse na mesma frequência da nota produzida pelo instrumento de bronze.

O grupo de Leon ficou confuso por um instante e não ousou avançar. Também não zombaram da atitude da vítima. Era a primeira vez que Antônio agia daquela estranha maneira com eles. Na verdade, era a primeira vez que Antônio reagia às agressões.

Então, quando as badaladas do sino cessaram, algo ainda mais estranho ocorreu: aquela nota musical continuou saindo da boca de Antônio Feroz. Ela subiu uma oitava, irritando a audição dos quatro valentões.

Eles ameaçaram atacar o bardo, mas outra transposição ocorreu, elevando a nota uma oitava mais.

Leon e seus amigos levaram as mãos aos ouvidos, tentando abafar o som que aumentava cada vez mais, até se tornar insuportável.

Tom parecia hipnotizado. Sua boca aberta, gritando em uníssono, arrancava ar dos pulmões como uma baleia em mergulho profundo, capaz de passar horas submersa sem perder o fôlego.

Inexplicável e fantasticamente, o som subiu outra oitava, provocando uma frequência ressonante perigosa. E, em poucos segundos, assim que os garotos caíram no chão, horrorizados e com as mãos tampando os ouvidos, as vidraças das janelas da ruela se estilhaçaram.

Cacos de vidro se projetaram em todas as direções, vindos de ambos os pavimentos das casas.

– Gostaram do meu canto?

Enquanto Leon e seus amigos agonizavam no chão, tentando ainda se proteger dos estilhaços, completamente surdos, Tom fugia pela saída superior do beco com um sorriso malicioso e cheio de prazer nos lábios, divertindo-se com o que fizera.

Ele sofria perseguições, ficava aterrorizado quando se juntavam contra ele, mas também sabia zoar seus perseguidores, alimentando o ciclo de afrontas e de medo. Após aquele espetáculo sonoro, as perseguições cessariam.

Meia hora depois, o bardo já se encontrava na sala da hospedaria, onde teria um último encontro com o maestro Liutprand antes da apresentação do coral.

– Antônio Baamdô, o que aconteceu com você? – brincou Letícia, a filha do maestro.

– Você sabe muito bem – respondeu Tom com um riso bobo nos lábios.

– Quando esses garotos vão parar de pegar no seu pé? Ismael deveria conversar com os pais deles.

– Nunca. Não quero levar aborrecimentos para papai. E...

– E...?

– Acredito que eu já tenha dado um jeito nisso, Letícia.

A garota aguardou o amigo se explicar melhor, mas ele não o fez.

– O que você aprontou dessa vez? – insistiu ela, ao perceber malícia no olhar do amigo. – Vamos, conte! Você fez alguma coisa errada. Eu consigo saber só de olhar para você.

– As pessoas vão até onde você permite. Eu apenas coloquei um limite nas brincadeiras que eles aprontavam comigo. Isso não vai acontecer novamente.

– Brincadeiras? Quantas vezes já o vi com o coração batendo como o de um coelho assustado? Sem contar o sangue que arrancaram do seu nariz. Não chame de brincadeiras o que, na verdade, é violência.

– Meu nariz sangra até se eu ficar muito tempo no frio, sem agasalho – justificou ele.

– Por isso não consigo entendê-lo, Antônio. É como se você gostasse de passar pelos apertos que aqueles delinquentes lhe proporcionam.

– Tenho o direito de me divertir com meus infortúnios – respondeu sombrio o rapaz, antes de ser interrompido.

– Querido Tom! – a voz de um barítono rasgou o ar como um raio caindo do céu.

Antônio olhou para a escada e viu o maestro – um homenzarrão de um metro e noventa de altura, gordo, careca e com uma barba branca e longa que lhe alcançava os mamilos proeminentes debaixo da blusa branca atravessada pelos suspensórios.

O maestro Liutprand não era um bardo e nem mesmo tinha um ouvido absoluto como o de Antônio, mas era tão treinado no universo das notas musicais, dos timbres e sons, que dificilmente errava a leitura de uma partitura ou o tempo de execução de uma peça.

Era conhecido por toda a Terra dos Homens – um dos principais responsáveis pelos cultos a Moudrost e conhecedor profundo da história dos anjos e dos Objetos de Poder.

Liutprand se tornara pai já em avançada idade. Assim que Letícia nasceu, ele ficou viúvo, sendo obrigado a criar sozinho sua menina. Isso nunca lhe foi um empecilho ou uma tarefa difícil, pois vivia cercado pelas cuidadoras do templo, que em quase tudo conseguiam suprir a figura da mãe na vida da pequena garota.

Ele era amado por todos – um amor genuíno que beirava a devoção.

Os maiores corais e grupos de instrumentistas que se apresentavam no reino, principalmente em Corema, na capital, para a rainha Owl, eram ensaiados por ele.

Detentor de várias composições musicais, tinha uma biblioteca pessoal em sua cidade, Dariel, composta de documentos preciosíssimos e antigos – na verdade, milenares.

– Meu garoto de ouro – Liutprand chamou novamente Tom, agora por outro apelido que lhe era comum. – Eu precisava falar com você antes da celebração de amanhã... Céus! De onde você veio? Como está maltrapilho!

Antônio sorriu. Letícia fingiu não saber de nada e apenas aguardou que seu pai se aproximasse.

Liutprand se mostrava cansado por causa da idade. Não se exercitava e passava longas horas sentado diante de um piano, escrevendo, tocando ou lendo notas num pentagrama.

Ele se acomodou no sofá e colocou na mesa de centro um livro grosso que trazia nas mãos. Antônio ficou hipnotizado ao ver o objeto sobre a mesa. Letícia parecia apreensiva.

– Amanhã, Enigma ouvirá as vozes dos anjos soarem naquele templo, meu querido.

Tom lhe devolveu um sorriso largo, ajeitou-se no sofá oposto e em seguida piscou o olho para Letícia, que permanecia de pé ao lado de Liutprand.

– Tom, eu sei como seu pai o ama. E não quero disputar com ele seu amor. Já tivemos muitos desentendimentos e chegamos a um acordo sobre isso. Você nunca deixará de ser como um segundo filho para mim – disse o maestro. – Compreende o que digo?

Antônio assentiu.

– Este é um livro muito precioso – continuou ele, agora apontando para o objeto que estava sobre a mesa –, e eu quero que você fique com ele. É um diário.

Letícia percebeu a alegria tomar conta de seu amigo.

– Nele, você encontrará várias narrações, estudos pessoais e até profecias.

– Uau!

– Mas há um detalhe. A maioria dos textos e imagens da segunda parte deste diário foi escrita em uma linguagem que não é mais falada em nossos dias. Sua leitura requer cuidados. Sempre que começar a se sentir mal ao lê-lo, pare e comece a cantar um louvor. As canções em homenagem a Moudrost são a única coisa que nos capacita à leitura da segunda parte deste livro, porque são coisas perturbadoras.

Aos ouvidos de Tom, aquilo pareceu ainda mais empolgante.

– Não seja irresponsável com o que você encontrar ali. Eu mesmo não consegui traduzir muita coisa.

– Quem o escreveu? Por que está me dando este livro?

– Do pouco que consegui decifrar deste manuscrito, o nome do autor foi uma delas. Está na primeira página.

– Posso? – perguntou o garoto, tocando o livro e pedindo permissão para folheá-lo.

– Ele agora é seu, meu garoto.

Letícia olhou para o pai, enigmática.

Ela tinha um ano de idade a menos que Tom. Eles se encontravam todas as vezes que ela viajava para a cidade de Parveen com o maestro, pelo menos três vezes ao ano. De todas as coisas das quais ela não gostava em Liutprand, a maior delas era o fato de ele tratar Antônio como um filho.

Com o passar dos anos, um sentimento de amor profundo cresceu no coração da menina em relação ao bardo. Enxergá-lo como um meio-irmão (embora nem isso ele fosse de verdade para ela) não a ajudava a alimentar aquele sentimento. Letícia temia que seu pai reprovasse tal afeto, que representava algo além da fraternidade.

A filha de Liutprand tinha cabelos negros e lisos, e olhos castanhos expressivos. Era formosa e educada como a filha de um bom maestro deve ser. Porém, tinha uma enorme cicatriz no lado esquerdo do rosto, reduzindo o que muitos consideravam ser a beleza para uma menina.

Letícia sabia que, quando olhavam para ela, as pessoas se assustavam num primeiro momento, por causa daquele risco que marcava sua pele. Num segundo momento, sentiam pena. Se precisassem conviver com a garota, com o tempo aquela marca passava a não ser mais notada. Não para ela.

A cicatriz era como um peso acorrentado à sua alma. Ela a levava aonde quer que fosse e sempre se lembrava de que estava ali, evidente, chamativa, repugnante, brilhando como um farol a guiar olhares para si. Entretanto, Letícia abraçava sua marca como uma amiga inconveniente, uma visitante inoportuna que não poderia ser dispensada. Aprendera a lidar com ela.

A filha do maestro amava Antônio e se questionava por que ele nunca correspondera ao sentimento, não como amigo, mas como um amor romântico para a vida toda. Seria por causa da cicatriz? Essa possibilidade sempre lhe assaltava a mente. Seria por que seu pai o considerava como um filho? Ela nunca saberia.

O bardo puxou o pesado livro em sua direção. Como um cego, tocou com a ponta dos dedos os emblemas em alto-relevo que saltavam da capa dura do manuscrito e os investigou. Eram símbolos estranhos e encantadores. Soltou um sorriso novamente para o maestro e para a amiga, antes de abrir a relíquia.

Na base da primeira página estava o nome do autor: Abadom.

Antônio sussurrou aquele nome, e, no mesmo instante, um calafrio lhe percorreu a espinha.

– Ele era um anjo – explicou o maestro. – O primeiro de sua linhagem, poderoso, o maior de todos os músicos. Brilhava como uma estrela cintilante que pode ser vista pela manhã, mesmo diante dos mais vívidos e fulgurantes raios de sol.

– Fantástico! É lindo! – exclamou Tom. – Mas por que eu? Por que está me dando este livro?

– Porque você é um bardo, um descendente direto dos anjos, meu jovem. Não há quem eu conheça em todo o Reino de Enigma que mereça mais receber este livro que você.

Antônio continuou a folheá-lo. Ele reconheceu algumas imagens.

– A pena da verdade – sussurrou.

– Sim. Um Objeto de Poder – confirmou Liutprand.

Em outra página do diário, podia-se ver o desenho de um pergaminho; em outra, a imagem de um par de braceletes. Antônio Feroz estava embasbacado.

– Foi deste livro que aprendeu tudo o que me contou sobre eles? – perguntou Tom, referindo-se aos Objetos de Poder.

– Grande parte das histórias que lhe contei foi retirada desse diário. Infelizmente, existem textos que não consegui traduzir. Acredito que, de alguma forma, você um dia conseguirá. Afinal, o sangue dos anjos corre em suas veias. Agora o *Diário do Anjo* é seu.

# CORAÇÃO NEGRO

Antônio perdeu o sono às vésperas da apresentação do coral. Passou longas horas debruçado sobre o *Diário do Anjo*, investigando as gravuras, anotando os variados tipos de letras que encontrava nas páginas gastas do livro, tentando traduzi-las. E também pensando no fato de ser um bardo.

– Não vai dormir? – perguntou Ismael, surgindo na porta do quarto do garoto.

– Estou lendo o livro que o maestro me deu de presente.

O pai do garoto fez uma cara de preocupação.

– Ele também disse que eu sou especial e que tenho o sangue dos anjos correndo em minhas veias – completou Tom.

– Não gosto daquele homem.

– Já me disse isso várias vezes.

– Mesmo assim, você se aproximou dele. Está interessado na garota?

Antônio desviou o olhar do diário e fitou o pai.

– Letícia? Somos apenas amigos.

– Também não gosto dela.

– Você não gosta é da minha voz, do meu dom, dos sonhos que tenho. Você não gosta é de mim. Mas usa as pessoas que me amam para me atacar.

– Eu sou seu pai. Não fale dessa maneira comigo. Você sabe que eu o amo, Antônio. Por isso sei que não tem futuro com a música. Ninguém vive de arte em Enigma. Ninguém vive com dignidade neste reino cantando, tocando uma harpa ou uma flauta transversal.

– E nós vivemos? – respondeu o bardo, apontando para o apertado cubículo que ele chamava de quarto, as paredes bolorentas, o pé quebrado de sua cama e as teias de aranha nos cantos úmidos do teto. – Carregando sacos pesados até os navios, queimando o rosto e as costas debaixo de um sol escaldante no verão, sempre recebendo ordens. Quem vive com dignidade, papai?

– Não amaldiçoe nosso trabalho. É dele que tiramos nosso sustento. Carregar sacos de farinha para os navios não é ser indigno; ao contrário.

– O maestro é a única esperança que tenho de sair deste lugar. E ele viu algo em mim.

– Eu nunca disse que você não é talentoso, meu filho.

– Então, por que não me deixa seguir a voz do meu coração?

– Porque não há nada mais enganoso do que ele. O coração é cheio de vícios e fraquezas, e nos leva a tomar decisões erradas.

– Talvez você tenha escutado seu coração quando decidiu ter-me como filho.

As palavras de Antônio esmagaram Ismael como uma cana torcida em um moinho. O velho marujo fraquejou. Não tinha mais idade para dar umas palmadas no filho. Não tinha mais forças para manter uma discussão com quem quer que fosse.

– Você me desonra falando dessa maneira, Antônio – respondeu Ismael. – Deixe de ser malcriado.

O barulho das ondas batendo morosas nos pilares do passeio do cais preencheu o silêncio que se fez. O bardo não revidou com palavras. A maneira como Ismael dissera sentir-se desonrado deixara um mistério no ar.

– Se você está feliz com o presente que aquele homem lhe deu, eu também tenho algo para você. Acredito que chegou a hora. Não importa quanto eu espere e lute para que você me aceite de verdade; você sabe que não pertence a este lugar, a esta vida, a este tipo de trabalho, não é?

O bardo fitou novamente o pai. Havia sinceridade e comoção naquela confissão.

– Eu nunca lhe ensinei nada sobre música, mas você conhece todas as notas e acordes musicais e melodias. Eu nunca o coloquei em aulas de instrumentos, e, mesmo assim, você aprende a tocá-los sozinho, porque já nasceu com isso.

Antônio fechou o livro e voltou-se completamente para ouvir o velho que estava à sua frente.

– Sinto muito ter escondido a verdade de você por todos estes anos, Antônio, mas você não é meu filho. Não meu filho biológico.

Toda a energia pareceu sumir da voz do velho estivador. Tom permaneceu calado, com os olhos abertos, sem piscar, como duas luas cheias num céu sombrio.

Por que Ismael consideraria a revelação como um presente? Presentes são planejados para fazerem as pessoas se sentirem felizes, alegres, não?

– O que você está dizendo? – engasgou-se o bardo.

– É isso mesmo que você acabou de ouvir. Eu sempre cuidei de você, sempre o amei como a um filho, mas não fui eu quem o gerou. Eu não sou seu pai biológico, Antônio. Por favor, não me faça repetir isso.

Uma chama viva acendeu-se nos olhos do bardo. Impossível identificar se queimava de prazer ou ódio. Um presente.

– Como você pode fazer isso comigo? – perguntou Tom em tom de acusação. – Como pode chamar de presente algo que me apunhala pelas costas?

– A verdade sempre será um presente, mesmo que não seja agradável, pois ela provoca a libertação – explicou-se o velho. – A única coisa que fiz em todos estes anos foi amá-lo e cuidar de você. Com poucos recursos, é verdade, mas era o que eu tinha para lhe oferecer. E pensava que você corresponderia. Mas nunca foi assim.

– Quem foi Marilan? Você sempre me falou que esse era o nome da minha mãe. Que ela havia morrido durante o parto.

– Esse era o nome da mulher que eu amava. Nós nos conhecemos aqui, em Parveen, quinze anos atrás. Ela veio do norte, da Terra Encantada. Descobrimos que estava grávida quando embarcamos no navio *Rocha Negra*. Eu ainda trabalhava no mar. Na verdade, foi minha última viagem em um navio para águas profundas. O oceano esfriava com a chegada do inverno, e as viagens se tornavam perigosas. Eu sabia que a expedição seria cansativa e que demoraríamos pelo menos cinco dias para fazer a primeira conexão com terra firme. Mesmo assim, arriscamos seguir viagem. O vento soprava forte conforme a embarcação se afastava do continente. Mas Marilan estava bem, mesmo com as enormes ondas que sacudiam o navio de um lado para outro. Desceríamos em direção ao cabo do Deserto da Desolação, mas o mau tempo e uma nevasca intensa nos obrigaram a navegar em sentido oposto. A tormenta insidiosa parecia não querer cessar. Era como se tivesse vontade própria e nos obrigasse a singrar o Mar do Leste rumo ao Arquipélago das Sete Irmãs. Após dois exaustivos dias lutando contra chuvas incessantes e a escuridão… você não tem ideia do que seja um mar revolto debaixo de um céu noturno sem estrelas, garoto… o capitão decidiu seguir até a ilha mais próxima. Perdemos cinco dias de viagem, contudo, nós nos mantivemos a salvo.

– Eu não quero mais ouvir – interrompeu Tom.

Ismael ficou imóvel, contemplando o rosto do garoto. Não tinha mais idade para lutar contra o desprezo de um jovem, nem para brigar por aceitação ou se humilhar diante dele.

– Eu não quero mais ouvir nada sobre isso. Você não tem direito de falar assim comigo, de me dizer que não sou seu filho.

Como o velho marujo se mantivesse calado, o rapaz continuou a desabafar:

– Você me obrigou a trabalhar desde pequeno como um escravo no porto de Parveen, deixou-me ser perseguido por garotos que nunca entenderam meu dom, o que eu sempre quis ser, e agora vem me dizer que é porque eu não pertenço a este lugar? Tudo teria sido mais fácil se eu soubesse que não sou seu filho, porque eu nunca senti que você realmente fosse meu pai. Saia do meu quarto! – gritou por fim.

Ismael estancou por um segundo. Não entendia por que contara a verdade para Tom. Talvez por medo de que ela chegasse até ele pelo maestro.

Sim, o maestro sabia de tudo. Tinha participação na chegada do garoto àquele lar. Mas agora não parecia fazer sentido temer Liutprand. Antônio se revoltara e estava decidido a não ouvir mais Ismael.

Seria melhor esperá-lo esfriar a cabeça para terem uma nova conversa. Assim, o velho estivador desapareceu do quarto prontamente.

A voz ingrata de Antônio ficou ressoando nos pequenos aposentos do casebre e no coração do velho do mar – palavras que podiam ser ouvidas na eternidade e que por lá ecoariam para todo o sempre.

Ismael se deitou com um nó entalado na garganta, com os olhos marejados, segurando cada lágrima que tentava escorrer por seu rosto enrugado e queimado de sol. Novamente se perguntou por que tinha feito aquilo, por que tinha revelado a verdade sobre o nascimento de Tom, já que prometera a si mesmo nunca contar.

O dia seguinte amanheceu obscurecido por uma névoa trazida pelo oceano. O céu se toldava de nuvens escuras que anunciavam a chegada de uma tempestade.

Nas docas, Antônio caminhava desolado, atrasado para o serviço de estivador. Estava completamente desinteressado do trabalho, como estivera na maior parte dos dias de sua vida. Seu desejo era fugir de Parveen.

Para surpresa do rapaz, ao se aproximar do píer principal, avistou uma cena curiosa, mas também arrebatadora: a menina da carruagem estava lá.

Sim! Era mesmo a garota. Seus lindos olhos azuis eram difíceis de esquecer.

Ela estava acompanhada de um rapaz. Eles pareciam manter uma conversa intensa, na qual havia discordâncias.

Tom tentou se aproximar sem parecer invasivo. Parou quando viu que estava próximo demais do casal e podia ouvi-los.

– Não é assim que funciona. Eu não entraria em um barco por nada neste mundo.

– É mais fácil uma pessoa morrer viajando a cavalo ao longo do reino do que no mar, em uma embarcação enorme como esta – disse o amigo da menina, apontando para um dos navios.

Antônio entendeu sobre o que eles falavam e decidiu se intrometer.

– Ele está certo! – disse. – Mas, se é medo que você tem de navegar, não será com estatísticas que ele vai convencê-la.

O casal parou de falar e, voltando-se para Tom, encarou-o com curiosidade.

– Eu sou Antônio Feroz – apresentou-se ele, estendendo amigavelmente a mão direita.

A menina sorriu, respondendo ao cumprimento:

– Ah, olá! Eu sou Gina. E este é meu amigo Felipe.

Contrariado e ainda confuso com a intromissão, Felipe estendeu a mão para cumprimentar Tom.

– Vocês não são daqui, não é? Eu a vi chegando ontem numa berlinda.

Gina corou. Felipe pareceu sentir ciúmes do olhar afetuoso que sua amiga lançou para Tom.

– Você parecia estar em apuros. Aquilo foi uma tentativa de quebrar nossa carruagem ou os cidadãos de Parveen recepcionam os visitantes com pancadas? – perguntou ela, divertindo-se.

Os dois riram, causando ainda mais estranheza em Felipe, que não entendeu nada, pois não tinha visto o bardo bater no veículo no dia anterior.

– É a primeira vez que vêm para a Festa da Celebração? – perguntou Tom.

– Como você sabe que estamos aqui para as celebrações? – riu Gina. – Parece que acabamos de conhecer um vidente!

– Eu moro aqui há catorze anos, e é sempre assim. Vocês vêm, celebram Mou e retornam para sua vida medíocre.

Felipe se assustou ao ouvir Antônio falar daquela maneira.

– Não temos uma vida medíocre – retrucou a menina.

– É o que todos dizem – respondeu Tom.

– Você está falando a sério? Nem nos conhece e diz que nossas vidas são medíocres? – insistiu a garota.

– Ah, me desculpem!

Antônio Feroz arrancou o sorriso sarcástico da cara.

– Estou passando por um momento muito ruim. Não foi minha intenção descontar em vocês.

Felipe, que começava a sentir repulsa pelo bardo, condoeu-se ao ouvi-lo.

– Conhecer vocês talvez seja um presente dos céus para minha vida miserável. Ela, sim, tem sido miserável.

– Sinto muito, Antônio – desculpou-se Gina –, todos nós passamos por dias ruins, não é mesmo, Felipe? Não tem como escapar deles.

Antônio voltou a sorrir. Dessa vez sem qualquer traço de ironia.

– Você tem razão, Gina. A propósito, pode me chamar de Tom. Todos me chamam assim. Eu trabalho aqui nas docas.

Felipe encarou Gina com um olhar que parecia dizer "vamos embora".

– Trabalho com meu pai, que, na verdade, acabou de me dizer que não é meu pai... quero dizer, não meu pai de verdade, não aquele que me gerou, mas a pessoa que me criou. E escondeu isso de mim até... ontem.

– Oh, que terrível! Sinto muito – lamentou Gina.

– Eu também – reforçou Felipe, sentindo definitivamente compaixão pela história do rapaz.

– Não sintam. Ele mesmo não sentiu quando resolveu me dar a notícia.

Outra vez Felipe estranhou a maneira estúpida com que Antônio falava de algo tão pessoal e íntimo. Gina estava tão empolgada com a nova amizade que surgia que nem sequer percebeu a grosseria e a maneira insensível como Tom tratava os fatos.

– Imagino que foi ele quem o educou e cuidou de você todos estes anos. Ele é que foi seu pai de verdade – disse Felipe, tentando amenizar o drama.

– Não diga isso. Fui enganado por catorze anos, então só eu sei o que estou sentindo, Felipe.

Apenas nesse momento Gina percebeu a falta de modos de Antônio. Ainda assim, não saiu em defesa de seu amigo. Ao contrário, jogou panos quentes. Puxou Felipe para o canto e sussurrou em seus ouvidos:

– Se você acredita que nada na vida acontece por acaso, pense no que esse garoto está passando. Por Mou, ainda bem que ele nos encontrou. Podemos ser uma luz em seu caminho.

– Ele fala como se o mundo girasse ao redor de seu umbigo.

– Certa vez conheci um garoto assim também. O tempo o fez mudar.

Felipe entendeu que Gina falava sobre ele próprio.

– Não foi o tempo que me mudou, foram as circunstâncias.

– E você cresceu, não foi? Tornou-se um homem, Felipe.

– Ele não parece desejar crescer. E também parece mimado demais para querer se tornar um homem.

Gina teve a impressão de que Antônio ouvira Felipe dizer aquilo.

– Não me importo – respondeu o bardo, confirmando as suspeitas da garota. – Ele não é o primeiro a falar desse jeito sobre mim.

Antônio gargalhou, deixando Felipe e Gina ainda mais constrangidos.

– Quero lhe mostrar meu trabalho – disse Tom, puxando a menina pelas mãos.

Felipe foi deixado sozinho, vendo os dois se afastarem em direção à rampa mais próxima, que servia de ponte para adentrar um navio.

Havia intenso movimento de trabalhadores no local. Ismael avistou, de cima do navio, seu filho e a garota desconhecida.

– Sem chances – retrucou Gina. – Eu não vou subir aí.

– Eu também tinha medo de barcos e navios quando era bem pequeno – explicou Tom, retirando uma faixa de pano da cintura, que lhe servia de cinto. – Vou fazê-la colocar de lado esse medo bobo.

Gina tentou segurar a mão do bardo, mas desistiu. Deixou-o colocar o pano ao redor de sua cabeça, como uma venda, tapando seus olhos. Agora ela não enxergava mais nada.

De longe, Felipe via, enciumado, o rapaz brincar com sua amiga.

– Parece que você não está nem um pouco satisfeito com as peripécias de Tom – disse uma voz ao pé do ouvido de Felipe.

Ao se voltar para o lado de onde viera a voz, o garoto levou um susto.

Um par de olhos negros o fitava. O rosto de uma garota com uma enorme cicatriz na face lhe causou repulsa.

– E quem é você? – perguntou Felipe, tentando disfarçar o medo.

– A melhor amiga de Antônio Feroz Baamdô. Sou para ele o que aquela garota deve ser para você.

– Somos apenas amigos.

– Talvez um pouco mais, penso. Eu os observava.

Felipe não ousou negar, permanecendo calado.

Ficaram observando Antônio conduzir Gina para dentro do navio. A menina permanecia com os olhos vendados.

– Se vai ter de conviver com Tom, acostume-se. Ele tem o poder de convencer as pessoas sobre o que quiser.

Felipe continuou olhando para Gina. No deque do navio, ela começou a rir e tirou a venda dos olhos. Estava maravilhada, feliz diante do bardo e também porque, pela primeira vez na vida, havia perdido o medo e subido em uma embarcação.

# A DOBRA DE OURO

O som de dezenas de instrumentos musicais enchia o templo. Havia magia no ar. Violoncelos, violinos, flautas e oboés, inúmeros instrumentos de sopro e de cordas reproduziam peças sinfônicas em perfeita harmonia.

Quando Antônio se juntou ao coral na lateral do altar, ele viu, no meio da multidão, o olhar deslumbrado de Gina.

A menina parecia encantada com os detalhes internos da casa sagrada. Quem não se sentiria? Diziam que a Torre de Mou fora construída por anjos. Cada pedra assentada, cada curva e entalhes nas paredes fora produzido por seres celestiais.

– Se você continuar distraído, seu solo será um fracasso.

A voz de Letícia chamou a atenção do amigo para o que era importante no momento: o coral. Antônio demonstrava certa fixação por Gina, causando ciúmes e um pouco de aflição em Letícia.

O maestro Liutprand surgiu de uma porta atrás do altar, e o murmurinho no salão se intensificou. Todos comentavam sobre ele. Mesmo com toda a altura da música entoada pelos instrumentos, podia-se ouvir o som dos cochichos. Todos o respeitavam o maestro e nutriam admiração por ele.

Liutprand passou pelo coral carregando um chumaço de folhas de partituras em uma mão. Na outra, sua estimada ampulheta e uma pequena caixa metálica com seu diapasão.

A ampulheta do maestro era conhecida por alguns nomes curiosos: Dobra de Ouro e relógio de prata.

A palavra dobra no primeiro nome tinha dois fundamentos. O primeiro dizia respeito a seu formato espelhado, com um bulbo superior de vidro e outro inferior, simétricos. O segundo fundamento para a palavra "dobra" se relacionava com o fato de que o tempo marcado pela ampulheta era exatamente o dobro do místico número áureo: 1,61803. Ao ser virado o Objeto, do instante em que o primeiro grão do pó de prata passava para o bulbo inferior até o último grão tocar o segundo compartimento, gastavam-se 3,2366 minutos. Não havia areia dentro da ampulheta, mas pó de prata; por isso o nome relógio de prata.

A palavra *ouro* se justificava também por dois motivos. O tempo que o relógio registrava era um múltiplo do número de ouro (1,61803), e a armação da ampulheta também era desse mesmo material: ouro.

O maestro cumprimentou o público presente e o sacerdote. Depois se virou para o coral, acenando para que todos se preparassem. Olhou para os instrumentistas, que finalizavam a música apresentada.

A Dobra de Ouro foi colocada sobre um suporte, à direita do maestro, próximo do coral. As partituras foram presas nas estantes[1], ficando no campo de vista de Liutprand, que comandaria os cânticos.

– Os céus e a terra proclamam a glória de seu Criador – comentou o sacerdote assim que o som dos instrumentos cessou. – E nada do que

---

[1] Nome dado aos suportes para partituras. (N.E.)

foi criado é capaz de manchar a exímia obra de Moudrost. Da criança que nasce, do velho que parte desta vida, atravessando cada povo, cada raça, cada língua falada em Enigma, tudo o que tem fôlego deve exaltar a majestade daquele que o criou. Até mesmo o mal exalta o nome da Sabedoria, pois sem o que é frívolo, decadente e maligno não conheceríamos o que é bom, o que é aprazível e justo.

A pregação se iniciou com um longo e profundo discurso sobre o bem e o mal, prosseguindo para a misericórdia de Moudrost. As palavras do sacerdote tocavam o coração dos ouvintes, chegando a arrancar lágrimas de muitos deles.

Podia-se sentir uma atmosfera de adoração e devoção no templo. Não havia nenhum outro som que não fosse a voz do sacerdote.

Antônio observava Gina como um guarda que vigia algo de valor. As poucas vezes em que desviava os olhos da garota era para verificar se Felipe também estava presente entre a multidão. Não o encontrou.

Em instantes, o coral começaria a cantar. E, para Tom, Felipe tinha de estar ali para ouvi-lo. O bardo nutria uma soberba velada, sabendo que sua voz encantaria a todos.

Afeito à miséria que sentia por trabalhar nas docas e não desenvolver seu dom na música – e isso ele creditava, em grande parte, a Ismael – Antônio Baamdô se acostumara a sentir prazer mesmo quando sofria, por causa do seu exibicionismo.

"Ismael."

Tom evitou pensar em seu pai adotivo. Não queria estragar o melhor momento de sua vida.

Estar em evidência por causa de seu canto, ainda que provocasse inveja nos demais garotos e fizesse com que alguns o agredissem ou o humilhassem, trazia-lhe também prazer e certo contentamento.

– Você sabe há quantos anos nos conhecemos? – sussurrou Letícia nos ouvidos do cantor.

Tom não se moveu e também não respondeu. Ele sabia como o maestro era severo em relação às normas estabelecidas para aqueles que faziam parte de uma apresentação como aquela. O menor ruído provocado por conversas fora de hora poderia ser punido com a expulsão do coral. Mesmo se fosse causado por Tom. Além do mais, Letícia sabia a resposta para a pergunta que ela mesma fizera.

– Eu nunca o vi tão vidrado em uma garota como você está hoje – completou a filha de Liutprand.

Um relâmpago estourou no céu, provocando sombras disformes no piso do templo ao projetar os desenhos sacros dos vitrais das galerias superiores.

Letícia se assustou. Ajeitou-se, deixando Antônio em paz.

O barulho do trovão veio em seguida, abafado e distante.

Quando Antônio voltou o olhar para os expectadores, não encontrou mais Gina. Então, começou uma caça inquieta com os olhos, sondando, de canto a canto, cada galeria e andares que conseguia enxergar.

Depois de algum tempo, encontrou a garota no corredor leste. Ela não estava mais sozinha. Mas também não estava com Felipe. Gina conversava com um homem de meia-idade, cabelos longos e barba feita, bem mais velho do que ela, que Antônio deduziu ser o pai da garota.

– Tom?

Novamente a voz de Letícia rumorejou no ouvido do bardo, que olhou para o lado e percebeu que o sacerdote terminava a pregação.

– Quando é um desejo do Criador, o execrável é excedido. A razão dessa vontade é o que faz o pensador religioso temer.

Ao dizer aquelas últimas palavras, o pregador fez sinal para que o maestro iniciasse o grande momento da noite: a apresentação do coral.

Liutprand ergueu a batuta com a mão esquerda e, com a direita, segurou o suporte externo da ampulheta, girando-a.

Os músicos começaram a tocar no exato momento em que o primeiro grão do pó de prata atravessou o estreito tubo central da Dobra de

Ouro. Cada canção que seria entoada naquela noite pelo coral duraria exatos 3,2366 minutos – ou 194,196 segundos cronometrados pelo relógio de prata do maestro.

A primeira canção começou calma, com poucas vozes imitando o som de cordas e arrancando arrepios nos ouvintes, conforme a melodia ascendia uma oitava. Era como se a atmosfera estivesse cheia de um som capaz de curar a alma. Um som denso, aveludado, tranquilo, mas que invadia cada canto do templo, como as águas calmas de um rio descendo a montanha e transbordando ao encontrar obstáculos.

Todas as luminárias do templo estavam acesas, pois já era noite. E, pouco antes de a primeira música terminar, relâmpagos e mais relâmpagos começaram a eclodir no céu escuro, anunciando a chegada da tempestade que vinha do mar.

Os primeiros 3,2366 minutos eram apenas uma preparação para que os ouvintes pudessem compreender o que estava por vir.

Liutprand, o exímio maestro, entendia como ninguém que uma composição musical é uma história. Não se entrega a maior emoção da peça no início, caso contrário, no fim do segundo ato, no lugar do clímax, você terá um anticlímax.

A introdução serve para apresentar o tema e, no caso das histórias, também seus personagens. Ela deve gerar curiosidade e encantamento. O desejo dos ouvintes de continuar a ouvir – o recital, a música ou a história – deve ser despertado logo no primeiro ato, e isso Liutprand conseguia fazer com maestria.

Eis que a chuva começou a cair sobre a Torre de Mou. Grossas gotas de água escorriam nos vitrais, e um vento gelado cintilava no interior do templo.

Os devotos aplaudiram energicamente quando a primeira canção terminou. Várias pessoas soltavam brados de exaltação ao nome de Mou, outras levantavam as mãos como alguém que tenta pegar uma fruta no galho alto de uma árvore.

Não demorou muito, a ampulheta foi novamente girada, quando a mão direita do maestro ergueu a batuta.

As cordas da orquestra dedilharam uma melodia divina, numa introdução que durou aproximadamente 30 segundos, antes de ser invadida por uma voz doce, extremamente aguda e forte.

Gina parecia hipnotizada. Ao desviar os olhos dos instrumentos para o local onde se encontrava o coral, ela viu que era Letícia quem fazia o solo. A filha do maestro havia dado alguns passos para a frente a fim de se sobressair e não deixar dúvidas na plateia sobre quem estava emitindo a voz principal.

A terceira música era mais agitada. Tinha inúmeras vozes cantando no fundo, junto com a voz da solista.

Havia uma espécie de coro instrumental com notas que se repetiam em sequência. Se fechasse os olhos, qualquer ouvinte teria a sensação de estar sendo elevado do chão. Gina percebeu que o coro instrumental passara a ser executado por vozes do coral repetidas vezes ao longo da música. Repetia-se. Repetia-se. Repetia-se. Mas não se tornava enjoativo. Ao contrário, era como as ondas do mar, que vinham e voltavam sem parar, sem que o observador se cansasse de contemplá-las.

A peça musical foi finalizada com louvor. Letícia sorriu para seu pai, dobrou o tronco, cumprimentando a plateia, e retornou para seu lugar.

Mesmo quem nunca tivesse assistido a uma orquestra tocar junto a um coral conseguiria perceber a sincronia e a exatidão dos movimentos de todos os integrantes da apresentação.

Antônio Feroz caminhou alguns passos para a frente, aproximando-se de Liutprand. Houve um rebuliço entre os expectadores. Gina percebeu que o garoto era uma atração esperada.

Novamente, como num ritual, a ampulheta foi girada, e a música começou. Diferentemente das anteriores, foi a voz de Tom que ressoou no templo as primeiras notas da melodia, vigorosa, retumbante, como um grito de guerra, sem instrumentos ao fundo, arrancando calafrios da espinha de todos os presentes. Seria impossível encontrar em todo o reino alguém que cantasse uma melodia de modo tão maravilhoso como ele.

*Seja exaltado pra sempre, Moudrost, o seu nome!*
*Nós nos gloriaremos somente no seu louvor.*

Embora se assemelhasse à voz humana, era como a voz de um verdadeiro anjo. Havia algo de sobrenatural naquele som. Celestial e forte, parecia o ruído vindo de uma cascata de água gigantesca, envolvente como as labaredas incandescentes de uma fornalha. Quando Tom abria a boca, era como se muitas pessoas falassem através daquela única voz.

O êxtase tomou conta da congregação, possuída por um sentimento de dominação acalentadora, provocado por uma canção enérgica.

Antônio Feroz cantava com ousadia e intrepidez. Porém, não terminaria seu canto como o esperado.

Faltando um minuto para o fim de sua execução, um raio atingiu o para-raios da Torre. O clarão fez parecer dia no interior do templo, e a tormenta vinda do mar, talvez somada à intensidade da voz de Tom – isso nunca saberemos ao certo –, estilhaçou várias janelas do templo.

Choveu água e pedaços de vidro por todos os cantos do enorme recinto. Uma ventania aterrorizante tomou conta do lugar.

As partituras dos músicos e do maestro foram arrancadas de seus suportes pela força do vento e os arranjos florais foram derrubados, enquanto as vozes cessavam, dando lugar a gritos de agonia e horror. A serenidade e a segurança não mais existiam no templo.

Antônio fitou Gina no meio da multidão agitada, mas algo lhe chamou a atenção, obrigando-o a olhar para o lado.

A ventania sacudira a ampulheta de Liutprand.

O instrumento era inestimável. Ninguém o manipulava, a não ser o próprio maestro.

A Dobra de Ouro já não contava mais o tempo. Todo o pó de prata já se encontrava no recipiente inferior. Mas seu peso não fora suficiente para impedir que o vento a empurrasse. Ao lado da caixa do diapasão do maestro, a ampulheta rodopiou sobre a a própria base e tombou.

Liutprand arregalou os olhos, prevendo que seu objeto valioso iria se quebrar ao colidir com o piso de mármore.

Numa reação instintiva, Antônio Baamdô se jogou para a frente a fim de evitar o rompimento do vidro do relógio de prata. Letícia também observava o que ocorria.

Tom agarrou a ampulheta no ar e respirou, aliviado.

A gritaria generalizada se havia instaurado no templo. Ninguém mais se importava com o coral ou com os músicos. As pessoas apenas corriam de um lado para outro, muitos pensando nos estragos que aquela tempestade faria em sua própria casa. A chuva continuava a entrar severamente pelas vidraças rompidas, e os trovões e relâmpagos bombardeavam o céu como canhões num campo de guerra.

O maestro e sua filha, assim como Tom, também voltaram a respirar tranquilamente ao constatarem que o objeto de vidro e ouro estava seguro nas mãos do solista.

Gina, que acompanhava tudo do local onde se encontrava, ficou feliz ao ver que a ampulheta não se quebrara.

Liutprand buscou com os olhos o sacerdote. Precisavam fazer algo para acalmar o povo. Letícia ainda fitava Tom.

Como o vento ainda soprava forte dentro do templo – pois ele estava localizado em uma parte alta da cidade, e sem as vidraças, não havia como impedir as intensas correntes de ar –, o bardo decidiu colocar a ampulheta sobre o piano de cauda que se encontrava em um canto mais seguro, onde o vento não soprava tão forte, e com uma superfície mais extensa que a do suporte onde geralmente o objeto costumava ficar.

Antes, porém, de pousar a Dobra de Ouro sobre a tábua, o bardo a girou.

O primeiro grão de prata passou pela abertura e tocou o fundo do recipiente inferior.

De repente, todo o ruído foi embora do templo, toda a agitação. Não havia mais vozes gritando. As gotas pesadas de chuva não faziam mais barulho, nem sequer se moviam. Os raios e relâmpagos, com seu efeito estroboscópico, cessaram. As sombras e as luzes ficaram bem delimitadas. A cena ficou estática aos olhos de Tom.

Havia gotas de chuva paralisadas no ar, por todos os cantos do templo. As pessoas pareciam bonecos esculpidos e pintados. Permaneceram paralisadas em seus lugares, presas em seus últimos movimentos, antes de o grão de prata atingir o fundo da ampulheta, exatamente como estátuas nas brincadeiras de criança.

Tom olhou para o pó de prata que caía pelo orifício delgado e central da ampulheta. De alguma forma ele entendeu que, ao girar o objeto, fizera com que o tempo fosse congelado.

Os únicos movimentos que ele enxergava eram os seus e os dos grãos na Dobra de Ouro.

A parte mais bizarra e enlouquecedora em todo o ambiente era a imagem das pessoas, assombradas e perturbadas, interrompidas no meio de suas ações.

Tom se aproximou de Letícia, olhando no fundo de seus olhos. Será que ela o enxergava? Será que ela conseguia escutá-lo?

O garoto circulou Liutprand, perscrutando cada centímetro de seu corpo oblongo paralisado. Até que, de repente, para sua surpresa, uma voz ressoou no fundo do salão.

– O que aconteceu?

Não podemos dizer que o bardo não tenha se assustado. Sobressaltado, ele se virou para ver quem lhe falava e deu de cara com Gina, que se aproximava do altar, desviando-se dos corpos congelados à sua frente.

– Eu... eu não sei – respondeu Tom, olhando para a ampulheta.

Gina percebeu que o pó de prata continuava caindo para o bulbo inferior.

– Foi você que fez isso? – perguntou, apontando para o relógio de prata.

– Eu disse que não sei. Eu segurei a ampulheta e a girei. E, *bum*! Tudo parou.

Cada vez mais o bulbo inferior se enchia. Antônio e Gina aguardavam para ver o que aconteceria quando o tempo do relógio chegasse ao fim.

– Quanto tempo isso dura? – perguntou ela.

– Pouco mais de três minutos.

– O que vai acontecer quando toda a areia passar para baixo?

– Não é areia. É pó de prata.

– Que seja... O que vai acontecer, Tom? – perguntou Gina com aflição.

– Quantas vezes tenho de repetir que não sei o que está acontecendo?

– Foi você que girou esse objeto, eu vi! – Gina estava aflita.

– Ela ia cair no chão e se quebrar. Eu não sei o que essa coisa fez. Foi a primeira vez que toquei nela. Esse objeto tem um valor incalculável para o maestro. Eu não poderia deixá-lo se quebrar.

– Olhe, Tom! O tempo está acabando.

Os dois olharam os últimos grãos de pó de prata atravessarem o funil da Dobra de Ouro e...

*Bum*!

# A MAGIA DO TEMPO

O tempo da ampulheta chegara ao fim. E, com ele, o retorno da algazarra dentro do templo.

A chuva voltou a cair, o vento tornou a soprar. O movimento das pessoas foi retomado exatamente do mesmo instante em que tinha sido congelado. Letícia foi a única que retornou da paralisia com um susto.

Ela olhava para Tom quando o tempo parou. De repente, Gina estava no lugar do bardo, como num passe de mágica. Bem diante dos olhos da cantora.

– Como você fez isso?

– Fiz o quê? – respondeu Gina.

– Você não estava aqui há um segundo.

Não houve resposta, embora Gina tenha entendido que ela lhe perguntara.

A tempestade castigava severamente o interior do templo. A multidão corria frenética, tentando sair pelas portas laterais escancaradas.

## O túmulo no promontório

Tom viu Felipe se aproximar, trombando com as pessoas que fugiam em sentido contrário ao seu. O garoto alcançou Gina e cochichou algo no ouvido dela.

O maestro parecia se recompor do susto das vidraças quebrando. Olhou para a ampulheta em cima do piano, correu até ela e a recolheu. Seguiu na direção do suporte e guardou no bolso seu diapasão. Gritou algo inaudível para o sacerdote que corria para trás do púlpito, tentando se proteger de estilhaços que ainda caíam das vidraças quebradas.

Gina e Felipe ficaram atentos ao maestro e conseguiram ouvir parte do que ele esbravejava:

– Que tragédia! – exclamou, como quem falasse para si somente. – A festa está acabada. Meses de ensaio destruídos por uma tempestade. Por Mou!

– Precisamos nos proteger – disse Letícia para o pai.

Os dois se juntaram à agitada multidão e seguiram em direção à entrada principal.

Antônio acompanhava todos os movimentos de Gina, que corria ao lado de Felipe.

O homem de barba, com quem ela havia trocado algumas palavras antes do início da celebração, a aguardava na porta. Havia outra pessoa com ele, mas Tom não se deteve na figura estranha que o acompanhava.

Repentinamente, um senhor de idade já avançada, talvez da mesma idade que Ismael, pai de Tom, interpelou o bardo. Disse-lhe algo ao ouvido que o fez sair correndo feito um cometa.

Gina e Felipe não entenderam o que acontecia, mas puseram-se a segui-lo.

Do lado de fora do templo, a chuva fustigava animais, pessoas e construções, enquanto trovões e relâmpagos insistiam em eclodir no céu, sem trégua.

Antônio desceu a ladeira e serpenteou por vielas e ruas até chegar ao cais – sempre seguido pelos visitantes Gina e Felipe, que o alcançariam minutos depois.

Letícia, notou toda a movimentação e, ao ver a correria de seu amigo, puxou seu pai, convencendo-o a segui-lo.

Na praia, ondas colossais jogavam os barcos de um lado para outro, lutando contra a força de suas âncoras. Era impossível enxergar as estrelas e a lua no céu sombrio. As docas, porém, não estavam em trevas. Para infelicidade de Antônio, chamas gigantescas subiam ao céu, numa luta da natureza do fogo contra a água. Sua moradia crepitava, sendo consumida aos poucos por um bárbaro incêndio.

– Não! – gritou Tom, atônito.

Homens corriam de um lado para o outro, com baldes de água nas mãos, sem conseguir extinguir o fogo.

– A casa foi atingida por um raio – gritou um estivador para o garoto.

– Pai! – Tom não conseguia pensar em outra coisa que não fosse em Ismael. Os homens acompanhavam seu desespero e angústia.

Letícia estacou quando virou a última esquina e viu o fogo.

O homem de barba que acompanhava Gina não perdeu tempo e correu para dentro das chamas com uma intrepidez honrosa.

– Ele é Augusto, meu pai – disse Gina ao se aproximar do bardo.

Ela precisou conter Tom para que ele não entrasse no meio do fogo atrás de Augusto.

– Deixe que meu pai resolva. Ele tem experiência com esse tipo de situação – respondeu a garota, tentando tranquilizar o bardo.

Com lágrimas nos olhos, Antônio a encarou. Virou-se e viu Felipe se aproximar com o quarto integrante do grupo de Gina. Um anão albino estava diante de seus olhos.

– Ele está conosco – explicou Felipe. – Branquelo – continuou, referindo-se ao nome que davam ao anão.

O bardo achou tudo aquilo muito curioso. Mas não teve tempo para pensar nas coisas estranhas que acontecem. Viu quando Letícia chegou ao local. Logo atrás dela, ofegante, surgiu o maestro Liutprand. Tom novamente olhou para Gina, Felipe e o estranho anão albino, Branquelo.

Provavelmente, por conta da aflição e da desorientação emocional, Antônio não soube como reagir à tragédia do incêndio. Parecia angustiado. Estaria Ismael dentro de casa quando o fogo começara? Confuso, perguntou para Felipe:

– Você está falando sério? Branquelo? Vocês o chamam assim?

– Você já ouviu a história do Rei de Branco? Muito prazer – saudou o anão.

Contudo, Tom pareceu ficar ainda mais confuso. Simplesmente não entendeu nada, mesmo sentindo que havia certa ironia na voz do albino.

A tensão do momento foi quebrada. A chuva também começou a diminuir. Mas os homens, com seus baldes cheios de água, continuavam a tentar apagar o fogo.

O grupo de jovens ficou a encarar as chamas avermelhadas, sem se aproximar da casa. A radiação de calor era intensa.

Cinco homens caminharam de dentro dos escombros que estalavam com as labaredas incessantes. Um deles, Augusto, carregava Ismael no colo.

Tom emitiu um ganido e correu na direção deles. Parou, ofegante, com o intuito de descobrir a real situação em que seu pai se encontrava.

Augusto deitou o homem moribundo sobre um palete revestido com um pano grosso. Já se encontravam longe do fogo, onde o calor não os afligia, apenas os confortava. Uma pequena multidão os cercou, assustada.

– Pai!

Tom caiu de joelhos, aos prantos. Desistiu de tocar em Ismael quando percebeu que havia queimaduras profundas em todo o seu corpo.

O cheiro de carne queimada causava náuseas nos jovens. Letícia levou o antebraço ao nariz, abafando o odor.

– Sinto muito, garoto – disse o pai de Gina, revelando o que ninguém queria acreditar. Ismael estava morto.

Havia escoriações por todo o lado de sua face, manchas escuras e pele descolada. Ainda assim, ele parecia sereno como um homem que lutara o bom combate de sua vida e vira sua carreira ser cumprida.

– Não! Não pode ser! – gritava Antônio, sem saber se deveria tocar no cadáver. – Pai, não me deixe assim. Não vá embora. Não agora. Pai, me perdoe! Me perdoe, pai! Não pode morrer dessa maneira!

Letícia começou a chorar e foi acolhida num abraço pelo maestro Liutprand, que também tinha os olhos inundados de lágrimas.

Enquanto o bardo, aos prantos, se desesperava com a morte do pai, mais ainda devido à dor do arrependimento, pois se lembrava de como tinha sido cruel com ele momentos antes de sair para a apresentação no templo, o grupo de visitantes se entreolhava.

Não deve ser novidade alguma para os amantes desta história que Felipe, Gina e Branquelo são os já conhecidos Possuidores dos Objetos de Poder: Isaac, Gail e Le Goff. Eram eles que estavam, disfarçados, ao lado de Tom, no cais. Dias antes, no caminho para a cidade litorânea, eles tinham combinado seus codinomes.

– Por que não podemos usar nossos próprios nomes? – perguntara Isaac, enquanto a berlinda sacolejava na estrada de terra.

– Você deve se lembrar do perigo que minha filha correu quando fomos até Fin procurar por você, Isaac. Espiões de Ignor a caçaram na estalagem Arqueiro.

Le Goff trancou a cara. Concordava com Isaac – não queria essa coisa de apelido ou o que fosse para passar despercebido.

– Lembrem-se de me chamar de Gina.

– Oh, quanta criatividade! – zombara o matemático.

– Eu pintei o cabelo desta vez. Será mais difícil para um espião de Ignor me reconhecer. Estarão procurando por uma garota loira.

– Então, vamos usar os mesmos nomes que sempre usamos? – perguntara Isaac, descrente.

– Exatamente. Eu me chamarei Augusto, e você, Felipe. Eu continuarei sendo pai da Gail. Ou melhor, da Gina. A partir de agora, nada de usarmos nossos próprios nomes – confirmara Bátor.

Le Goff permanecera mudo. Talvez se esquecessem dele, já que não havia participado de nenhuma trama anterior usando codinomes.

– Você não pode ter um nome comum, Le Goff – dissera Bátor, surpreendendo o anão.

– Me errem, por favor!

– O castelo foi invadido dias atrás. A notícia já deve ter corrido todo o reino. E, com certeza, todos sabem dos objetos que vocês têm e das características físicas de vocês. Ainda que esses boatos envolvam muita lenda, vocês não podem se tornar alvos fáceis.

– Meu pai tem razão, Le. Fomos surpreendidos numa emboscada pouco antes de chegarmos à capital, e a vida dele foi posta em perigo, quando o sequestraram. Temos de ter toda a prudência do mundo.

– Ah, me poupem! – grunhira o anão.

Isaac, que se recordava dos momentos de aflição junto a Gail na Floresta Sombria, repensara seu posicionamento e interviera:

– Eu também não gosto nem um pouco disso. Mas Gail e Bátor têm razão. Não podemos brincar ou mesmo vacilar daqui para a frente. A cada dia nossa vida corre mais perigo com os Objetos que possuímos.

– Já sabemos que o sétimo Objeto de Poder está em Parveen – relembrara Gail.

– Os Dados de Euclides já me confirmaram isso inúmeras vezes. Mas não basta. Precisamos saber quem está com ele ou, pelo menos, de que tipo de objeto se trata.

Silêncio.

– Arroz!

Isaac, Gail e Le Goff tinham olhado para Bátor, tentando entender por que ele dissera aquilo.

– Arroz. É um ótimo apelido para Le Goff.

O anão protestara, enquanto seus amigos riam.

– Quanta estupidez! Eu achava que vocês estivessem levando esta missão a sério.

– Não estou brincando, Le Goff – enfatizara Bátor.

– Ninguém desconfiaria se tratar de um nome falso, simplesmente por ser incomum – concordara Isaac.

– Talvez Branquelo se encaixe melhor.

– Branquelo – Isaac repetia o nome sugerido por Gail.

– Parem! Já basta! Me chamem como quiserem. Aproveitem para zoar da minha cara. Não dou a mínima para isso.

– Le Goff, não se trata de zoação. São nomes acima de qualquer suspeita.

– Branquelo faz referência ao Rei de Branco – dissera Bátor, relembrando um inestimável e poderoso soberano que governara o sul das terras de Enigma.

O albino se retesara, desfazendo a careta.

– Isso é história para criança dormir – acrescentara Isaac.

– Apenas da maneira como ela costuma ser contada para não assustar os pequeninos – rebatera Le Goff, demonstrando seus conhecimentos sobre história. – *O Rei de Branco e a Rainha da Noite* é uma trágica história sobre um amor impossível, sobre crianças que crescem com pais separados. A versão conhecida e contada nas escolas esconde o fato de que a rainha estava atrás apenas da eterna juventude e, para alcançar seus objetivos, seria capaz de matar a própria filha quando esta fizesse dezesseis anos.

– A história que conheço não é assim – protestara Gail, encarando o pai.

– Foi assim que me contaram e foi dessa maneira que eu contei para você – respondera Bátor, justificando-se para a filha.

– Somos levados a pensar que o Rei de Branco é o vilão. Isso acontece em muitas histórias, com o passar do tempo e a interferência dos contadores. Os heróis podem ser transformados em pessoas más na voz de quem narra um fato, enquanto os bandidos e malfeitores são elevados ao posto de mártires. – O anão meditara sobre tudo o que sabia sobre a antiga história de ninar, e concluíra: – Podem me chamar de Branquelo. Será um prazer ser confundido com um descendente do Rei de Branco.

E fora dessa maneira que os codinomes haviam sido combinados durante a viagem.

A berlinda seguia solitária pela estrada, para não chamar a atenção. Mas Bátor sabia que um grupo de soldados iria segui-los a certa distância. Era provável que aquela fosse a maior missão pela qual eles passariam na vida.

Quando pararam para descansar, Isaac tivera tempo de trocar algumas palavras com Le Goff, longe de seus amigos Bátor e Gail.

– Eu já lhe contei o que os dados me mostraram quando perguntei sobre mim e a filha de Bátor?

– Por que você a está chamando assim, Isaac? Ela se chama Gail e é sua amiga.

– Você sabe muito bem, Le Goff. Minhas chances com ela são menos de cinquenta por cento.

– Sim, você já me contou, e eu já lhe disse: você não pode entregar seu futuro às previsões desse Objeto – dissera o anão, referindo-se aos Dados de Euclides.

– Eles não erram.

– Já erraram no passado, e você sabe disso. Um feitiço foi lançado para que as revelações do futuro ocorressem ao contrário.

Isaac ficara pensativo.

– Não desta vez. Tenho certeza, Le. De alguma maneira, posso sentir que é uma previsão real. Desde que me tornei um lictor no aqueduto Persley, é como se parte do poder do Objeto conseguisse se manifestar em mim até mesmo na ausência dele. Isso ocorreu quando a moeda de ouro me foi tomada e precisei resgatar Bátor.

Le Goff não negara. Ele nunca se transformara em um lictor, mas usara os Braceletes de Arnie mais de uma vez e seu próprio Objeto, o Pergaminho. Por isso sabia que Isaac estava certo. Uma vez usado um Objeto de Poder ou se ele fosse transformado em um lictor, era como se ele se tornasse um receptáculo do poder do Objeto.

– Declare-se logo para ela, Isaac. Diga que você a ama.

O matemático encarou o anão, surpreso.

– Como Lili fez com você? E você deu um baita fora nela?

O anão repensara.

– Eu admiro o que Lili sente por mim e tudo o que ela fez, Isaac. Não tente macular a honra da bibliotecária. Não estou dizendo que você deva sair por aí falando para todo mundo o que sente. Mas, quando se ama uma pessoa, precisamos ter certeza de que seremos correspondidos.

– E se ela disser não?

– Crie vergonha na cara! Vire homem! Se ela disser não, pode ter certeza de que você não será o primeiro a ouvir isso de uma garota. Também não será o último. Um fora não é o fim do mundo. Cresça!

Isaac avistara a berlinda na estrada. Gail e Bátor o aguardavam dentro do veículo. A viagem duraria pelo menos mais um dia.

– Eu acho que ela gosta de mim – confessara Isaac.

Le Goff revirou os olhos ao ouvir aquilo. Se deixasse, passaria uma hora ali ouvindo Isaac dizer a mesma coisa de maneiras diferentes, sempre oscilando entre a dúvida e a certeza do sentimento de Gail por ele.

– E se os Dados estão mostrando que não ficaremos juntos porque um de nós vai morrer?

O anão ficara circunspecto.

– Não sei se esses Objetos são bênçãos ou maldições. O resultado pode significar muita coisa, Isaac. Talvez ela conheça alguém mais legal que você, mais ousado, que se declare para ela como um cavalheiro deve fazer em relação a uma dama quando está apaixonado. Talvez suas poucas chances com ela se devam à sua insegurança. Apenas a isso.

Isaac engolira em seco.

Agora, de volta às docas, assistindo à forma comovente como Gail observava o luto de Antônio, Isaac tremeu. Le Goff poderia ter razão. Ela olhava o bardo com um afeto evidente.

Isaac se recordou do dia anterior, quando Antônio a fizera subir em um navio. Logo ela, que morria de medo do mar.

A chuva foi diminuindo, mas não cessou por completo.

Antônio ficou abraçado ao corpo do pai por quase uma hora. Havia colocado uma coberta sobre o cadáver, como se seu toque direto pudesse fazê-lo sentir dor por causa das queimaduras.

As pessoas se aproximavam, velavam por algum tempo e depois partiam.

– Vamos, meu garoto – disse o maestro. – Você passará a noite comigo na estalagem. Deixe que preparem o corpo de nosso bom Ismael para que seja sepultado.

O grupo de visitantes, que agora sabemos exatamente de quem se trata, afastou-se para dar mais privacidade ao bardo. Letícia estava tão devastada quanto Tom.

Somente após um longo tempo agarrado ao corpo do pai, o bardo se moveu. Levantou-se, mas não seguiu na direção dos espectadores que o aguardavam.

– Não vá até lá! Pode ser perigoso!

Tom fingiu não ouvir Liutprand e caminhou na direção dos escombros de sua casa. Havia mais carvão, fumaça e brasa do que chamas.

– A estrutura pode ceder, Tom – gritou Letícia.

Isaac e seus amigos ouviram de longe os conselhos e notaram a teimosia do bardo. Tentavam entender o que se passava na cabeça dele. Precisavam descobrir onde se encontrava o sétimo Objeto de Poder. Seria Tom um dos Possuidores?

– Viemos em busca de um Objeto que mal sabemos o que é. Agora acabamos virando babás de um garoto grosseiro – comentou Isaac.

– Como você ousa falar assim de Tom? – protestou Gail.

Le Goff olhou para seu amigo como se dissesse ter previsto que um garoto entraria na vida de Gail e iria fazê-la apaixonar-se por ele.

– Não vamos fazer julgamentos precipitados, Isaac – finalizou Bátor. – Quando fomos atrás de você, não imaginávamos o menino soberbo e vaidoso que encontraríamos. Mas veja, você mudou, cresceu. Se Antônio for um dos Possuidores, precisamos dar uma chance a ele.

– Nós encontramos o Objeto – declarou Gail.

– Ainda é cedo para afirmar uma coisa dessas.

– Pai, a ampulheta de ouro com pó de prata do maestro… É por ela que procuramos.

– Ela é muito bonita, tenho de admitir. Mas você está se precipitando, minha filha.

– Vocês não fazem ideia do que aconteceu dentro do templo.

– Você está falando sobre o momento em que tudo parou?

A declaração de Isaac deixou Gail surpresa.

– Como você sabe disso, Isaac? – perguntou ela, incrédula.

– Eu estava cheio daquela cantoria e resolvi sair do templo. A chuva veio de repente, e eu precisei me esconder debaixo de uma marquise. Quando dei por mim, tudo ficou estático; foi assombroso. Pensei que estivesse sonhando, mas aquilo durou mais tempo que uma cena bizarra de um pesadelo. Eu ia contar para vocês, mas, quando retornei ao templo, tudo começou a se mover novamente. Com muito esforço, consegui encontrar Gina, mas foi preciso seguir Tom até aqui. Por isso não falei nada – explicou Isaac.

– Não posso dizer o mesmo – interveio Le Goff. – Quando as vidraças do templo quebraram, eu fui literalmente pisoteado por uma multidão enlouquecida. É um absurdo a falta de respeito que essa gente tem por um anão. Na Terra dos Gigantes, mesmo quando eles eram nossos inimigos, pessoas diferentes deles eram tratadas com mais cautela. Acho que bati a cabeça, caí e apaguei. Eu vi as gotas de chuva paralisadas no ar, tudo imóvel, e pensei ter sido uma alucinação devido ao tombo.

Bátor segurou o riso.

– No momento seguinte, quando consegui me erguer para escapar daquela selvageria, tudo já havia voltado ao normal – completou o albino.

– Eu não faço ideia alguma do que vocês estão falando. De onde tiraram tudo isso? – perguntou Bátor, achando aquilo muito engraçado.

Isaac, Gail e Le Goff encararam o paladino. Cada um colocou a mão no bolso, tocando seus Objetos de Poder.

– Foi Tom que fez aquilo – explicou Gail.

Le Goff sentiu uma pontada de ciúmes brotar no olhar de Isaac. O matemático estava farto de ouvir falar de Antônio. Estava cansado de ver o bardo ser o centro de todas as atenções. E agora mais essa. Seria ele o sétimo Possuidor?

– As vidraças da cúpula do templo se quebraram. A chuva e o vendaval invadiram o recinto e empurraram a Dobra de Ouro, um dos nomes que eles dão para a ampulheta. Ela estava para cair e se quebrar. Então, Antônio a segurou no ar e, quando foi colocá-la de volta em seu lugar, ele a virou. Imediatamente, o tempo parou e só voltou a correr quando toda a prata passou para o receptáculo inferior do Objeto.

Gail descreveu tudo com muita precisão.

– Incrível! – sussurrou Le Goff.

– Que poder sinistro, ser capaz de parar o tempo! – disse Bátor.

– Ele nunca havia tocado na ampulheta. Segundo me disse, foi a primeira vez. E foi sem querer. O maestro considera seus instrumentos valiosos demais e não deixa mais ninguém tocar neles.

– Isso não faz sentido – protestou Isaac.

– Por que não? – interveio o anão.

– Porque o maestro a gira a todo momento, e nada acontece. Um Objeto não deixa de funcionar somente porque seu Possuidor é esta ou aquela pessoa.

– Isaac pode ter razão – defendeu Bátor.

– Não sabemos nada sobre a ampulheta – disse Gail –, mas uma coisa é certa: para nós, que possuímos um Objeto de Poder, o tempo passou normalmente. E se o Objeto dos anjos, a Dobra de Ouro, funcionar de forma peculiar? Lembrem-se do que Le Goff viu quando usou o Pergaminho para descobrir onde poderíamos encontrá-lo e o que era o tal Objeto.

– Ele não viu nada – rechaçou Isaac.

– Ele viu um túmulo em um promontório – corrigiu Bátor.

– Algum tipo de encantamento, ou sei lá o que mais possa ser, não está me permitindo acessar toda a história – relembrou o anão. – O pergaminho descreve um Objeto com simetria perfeita.

– A ampulheta tem simetria perfeita – constatou Gail. – Se traçarmos um plano tanto horizontal quanto vertical na Dobra de Ouro, ela se mantém como um Objeto espelhado.

Isaac não teve como contestar a simetria do Objeto, então mudou o foco da conversa para a questão do Possuidor.

– O pergaminho não lhe mostra quem possui tal Objeto. Por quê? Le Goff estava confuso.

– Temos pistas – lembrou-se Gail.

– O túmulo do promontório? – riu Isaac.

– Uma ilha, o mar – completou Le Goff, apontando para a praia. – Podemos não saber ainda do que se trata, mas estamos nos aproximando dele. Por algum motivo, a história não me é completamente revelada.

Le Goff disse as últimas palavras, virando-se para a casa destruída de Ismael. De dentro dos destroços enegrecidos e ainda fumegantes surgia a imagem de Antônio caminhando das sombras em direção ao corpo de seu pai.

O bardo trazia nas mãos um livro. Um livro que curiosamente não se havia transformado em cinzas. Era o diário que lhe fora dado pelo maestro Liutprand: o *Diário do Anjo*.

# VIAGEM INESPERADA

Os dias que se sucederam à morte de Ismael, embora tristes, não foram nem um pouco fatídicos. Muitas coisas aconteceram em apenas dois dias após o funeral.

Antônio confessou para Gail que embarcaria no primeiro navio que zarpasse do porto de Parveen, rumo ao Arquipélago das Sete Irmãs.

– Mas as ilhas ficam tão distantes do continente! O que você pretende fazer por lá? – perguntou ela, tentando entender a decisão súbita do bardo.

– Antes de morrer, Ismael me revelou que não era filho biológico dele. Eu o interrompi, mas ele pretendia dizer algo sobre as ilhas. Praticamente no mesmo dia, Liutprand me presenteou com um livro. Na verdade, é um diário, Gina. Um diário que foi escrito por um anjo poderoso muitos anos atrás.

Gail se sentiu atraída pela informação que Tom lhe fornecia e se recordou de vê-lo saindo de sua casa, após o incêndio, carregando um livro. Estavam na Terra do Anjos, Antônio era descendente desses seres mágicos e agora afirmava possuir um diário escrito por um deles. Fascinante!

– Você gosta de enigmas, Gina?

Com curiosa admiração, a garota fitou Tom.

– A maior parte do diário foi escrita em uma língua morta, a língua dos anjos. E eu consegui decifrar parte de um texto.

Em uma fenda que se projetava para o mar, um tagarote emitiu seu canto. O céu nunca ficava vazio nas docas pela manhã. O pequeno falcão de cauda comprida e asas pontiagudas voou, juntando-se a uma multidão de aves que planavam sem o menor sinal de animosidade.

Gail contemplou maravilhada a manhã em Parveen.

– Você está certo disso, Tom? Nós nos conhecemos há pouco tempo, mas é como se fôssemos amigos há muito. E, quando eu olho para você e para este lugar... é como se você pertencesse a Parveen.

– Eu preciso saber quem sou de verdade, Gina. Neste lugar não encontrarei respostas. É como se em minha vida inteira eu tivesse sido enganado pela pessoa que mais amei. É detestável quando alguém mente para você, compreende?

Gail se sentiu incomodada. Ela também enganava Antônio ao inventar um codinome e usar disfarces junto com seus amigos e seu pai. Teve vontade de revelar seu segredo, mas a prudência a chamou à razão. Ainda não era a hora.

Nesse momento, Isaac, junto com Le Goff, aproximava-se do casal.

– A vida costuma ser mais complexa do que isso, Tom. Não se trata de enganar alguém, mas de preservá-lo de uma dor maior. Certamente tudo o que Ismael fez foi pensando no melhor para você.

– Não duvide de minha infelicidade extrema, Gina. Minha alma está num abismo por causa do que ele fez. E eu preciso de respostas. Concordo quando você diz que é algo bem mais complexo, mas você não pode se colocar em meu lugar para saber.

Gail achou indelicado ouvir aquilo, mas já se acostumara com o jeito de Antônio tratar as situações.

– Chegou a hora de seguir meu coração – continuou ele. – De certa forma, isso é o que eu sempre soube ser o certo a fazer.

Antônio não se sentiu envergonhado com a confissão que fazia.

– Quando eu canto, Gina, é como se estivesse sonhando. A música flui através de mim, e eu sinto que tudo ficará bem. Não posso me desligar desse sentimento porque não passo um só dia sem que ele me domine. Preciso começar a cantar minha própria canção, mesmo que eu a cante sozinho. E isso só será possível quando eu souber quem realmente sou, de onde vim, quem me gerou. Vou atrás do meu passado, e ele se encontra em algum lugar nos mares distantes de Enigma.

O bardo apontou o dedo para o oceano à sua frente.

– Gina, seu pai quer falar com você – disse Isaac, interrompendo a epifania de Tom.

Gail pareceu despertar de um encantamento, e Le Goff percebeu.

Por mais rude que Antônio Feroz pudesse ser, ele conseguia tocar o coração de Gail com o entusiasmo que mantinha em relação à música, com suas convicções sobre seguir os próprios sonhos e com sua doce e afinada voz de anjo.

– Visitaremos dois pontos turísticos hoje – disse Le Goff, tentando encorajar Gail a ir até Bátor. Contudo, suas palavras não passavam de um teatro para tornar seus disfarces ainda mais convincentes. Não existiam "pontos turísticos".

Gail acenou para o anão, concordando.

– Com licença, Tom. Pense bem no que você pretende fazer. – A garota olhou novamente ao redor os trabalhadores nas docas, as aves no céu marítimo e sentiu o odor de peixes frescos. – Talvez as respostas que você procura estejam bem mais perto do que você imagina. Quem sabe dentro de você, Tom?

Os olhos do bardo emitiram um brilho afetuoso para Gail.

Do outro lado do cais, Letícia observava a conversa. Ela não se escondia, mas também não fazia questão de ser vista. O relacionamento de Antônio com Gina lhe causava ciúmes. Mas, assim como Isaac, ela não sabia o que fazer. Não poderia controlar os sentimentos de seu amigo, quase irmão. Além disso, sentia uma vaga compaixão por tudo aquilo pelo que Tom passava. Ela precisava deixá-lo se apaixonar por quem quer que fosse. Tom merecia voltar a sorrir, mesmo que não fosse ao lado dela.

Meia hora depois, o grupo de Possuidores se reunia com Bátor ao redor de uma espaçosa mesa na principal e tradicional taverna de Parveen.

De fato, não se tratava de passeios turísticos, mas de mudança de planos.

– Papai, não posso deixar que faça isso! – exclamou Gail ao ouvir o que o paladino lhe dissera.

– É importante para o reino.

– Isso não tem nada a ver com o reino – insistiu Gail. – Diz respeito apenas ao senhor.

Isaac e Le Goff também acharam imprudente o que tinham acabado de ouvir.

– Eu tenho que ir. Os navios de Ignor deixaram a baía do Mar Morto e estão nos mares do Deserto da Desolação.

– O exército da rainha já está tomando providências, e muito provavelmente a frota marítima também – concluiu Gail. – Não há a menor necessidade de o senhor ir ao encontro do exército inimigo, papai.

Le Goff também buscava entender a decisão de Bátor, por isso interrompeu a discussão familiar:

– Esses navios são os mesmos que tentaram invadir as aldeias no sul da Floresta de Sal e foram impedidos pela ida de Arnie. Estou certo?

Quando saímos de Corema, a rainha Owl já havia tomado providências para expulsá-los de lá.

– Mas eles velejaram para águas mais profundas – tentou explicar Bátor. – E retornaram com uma frota ainda maior.

– Estão tentando dominar o sul do Deserto da Desolação – concluiu Isaac. – Também estamos em uma missão, Bátor. E, de repente, você nos diz que precisa ajudar o exército ou a marinha real?

– Papai, não podemos nos separar agora.

O tom de voz de Bátor recrudesceu.

– Depois de tudo pelo que vocês já passaram? – perguntou o paladino, sem ser compreendido.

Isaac, Gail e Le Goff perceberam que ele estava determinado.

– Qual é o seu problema com isso, Isaac? Está com medo da minha partida? O que você acha que lhe falta para se tornar um guerreiro? No Pântano Obscuro, você liderou todo o grupo, pacificou os ânimos e ajudou Gail a me resgatar. No palácio, você enfrentou corajosamente os espiões de Ignor. Você salvou a rainha da morte.

Os três jovens se calaram.

– Digo o mesmo em relação a você, minha filha. Você sempre foi corajosa e enfrentou inimigos audaciosos e implacáveis. Eu não teria encontrado Isaac sem sua ajuda, não teríamos decifrado tantos enigmas se não fosse por sua extrema capacidade de raciocínio lógico. Le Goff não fica para trás. Ele viajou por longas distâncias, na cordilheira Imperial, e desafiou o espírito de um gnomo num calabouço fantasmagórico. Ajudou em meu resgate e também a salvar a rainha. Não se enganem. Não existe uma cerimônia ou um momento especial em que as pessoas admitem que cresceram e são capazes de assumir responsabilidades. A maturidade e a capacitação ocorrem ao longo da jornada, até que um dia nós olhamos para trás e vemos que conseguimos realizar feitos extraordinários sem que percebêssemos. O que mais vocês estão esperando para assumirem sozinhos esta missão?

Bátor estava certo.

– Vocês já estão preparados para caminhar sozinhos. Não encontro em todo o reino pessoas mais dignas e responsáveis para carregar os Objetos que vocês. Eu preciso seguir viagem até o Deserto da Desolação, e vocês precisam fazer o que tem de ser feito.

– O que o senhor não está nos contando, papai? – perguntou Gail.

Como um soldado que é desarmado em batalha, o paladino amenizou o tom exasperado com que passava seu sermão.

– Seu tio está em um daqueles navios de Ignor.

Gail franziu a testa.

– Você está falando de seu irmão? Valério?

Bátor assentiu, calado, com um movimento de cabeça.

– Ele lidera um dos navios inimigos?

– Exato, Gail.

Isaac já ouvira falar do irmão de Bátor. Sabia que ele havia fugido para Ignor ainda muito jovem e se tornara inimigo do Reino de Enigma.

Le Goff revirou os olhos.

– A última coisa de que precisávamos aqui é de um drama familiar – sussurrou o anão, revirando os olhos novamente.

– Vocês vão se certificar de que aquela ampulheta é o sétimo Objeto de Poder e que o bardo é seu Possuidor – disse Bátor, como quem passa uma missão para subordinados. – Enquanto isso, eu ajudarei o exército de Enigma contra os inimigos que navegam por águas austrais.

Olhando de soslaio, Gail evitou encarar o pai. Ela não conhecera seu tio Valério, mas sabia o poder emocional que ele exercia na vida do paladino.

– Temos um pequeno problema, papai.

Bátor pareceu despertar de um sonho ligeiro.

– Tom vai embora de Parveen – revelou Gail.

– Façam-no mudar de ideia – rebateu o paladino.

– Ele me pareceu tão determinado quanto o senhor em relação à sua viagem para o deserto.

Bátor odiava quando sua filha usava sua genialidade e raciocínio rápido para encurralá-lo nas decisões.

– Se não conseguirem fazê-lo mudar de ideia, sigam-no até terem certeza de que encontraram o sétimo Possuidor. Vocês são bons em disfarces. Arrumarão uma boa justificativa para irem atrás dele.

– Papai, ele embarcará no primeiro navio rumo ao Arquipélago das Sete Irmãs.

Silencioso, Bátor contemplou Gail como quem contempla um segredo. Sua filha odiava barcos, lagos, oceanos, navios. Ele sabia que até mesmo a superstição tem uma lógica capaz de inclinar a verdade para o que nos parece improvável. Lamentou saber que Antônio Feroz viajaria para ilhas distantes.

– Sinto muito, Gail – desculpou-se o guerreiro. – Sei que você tem muito medo das águas. Se for o caso, deixe Isaac e Le Goff cuidarem de Tom. Você não precisa embarcar nessa aventura com eles. Quer vir comigo?

Isaac gostou do que ouvia. Se somente ele e o anão ficassem responsáveis por Tom, teria uma chance de afastar Gail de seu concorrente. Mas, para sua surpresa, ou melhor, para surpresa de todos, ela respondeu:

– Não! É claro que seguirei Tom. Isso é maior do que todos nós.

– Pensei que você tivesse medo de barcos e navios – retrucou Isaac.

Le Goff revirou novamente os olhos.

– Chegou a hora de todos nós mostrarmos que crescemos, Isaac – respondeu Gail sem ser insultuosa, mas com um pouco de arrogância. – Todos precisamos fazer certos sacrifícios. Se tivermos de seguir Tom através dos mares do leste de Enigma para descobrir tudo sobre o último Objeto de Poder, será isso que faremos.

Le Goff balançou a cabeça e repuxou a boca numa careta para Isaac. Ele sabia que o matemático tentava afastar Gail do bardo. Mas isso não estava funcionando. Aliás, toda e qualquer tentativa parecia surtir o efeito contrário.

O capitão do navio chamava-se Martinho. Era um sujeito espirituoso e passava a maior parte do tempo em seu camarote. O navio, *Cachalote*, era um baleeiro, mas também transportava muitos mantimentos rumo às ilhas do arquipélago.

A viagem do *Cachalote* poderia durar dois anos. Mas o grupo de passageiros fora avisado de que dentro de poucas semanas haveria barcos e navios zarpando das ilhas rumo ao continente, caso desejassem retornar antes, como era o caso.

Vicente Bátor pagou uma boa quantia para Martinho aceitar levar Isaac, Gail e Le Goff. Eles embarcaram no navio como turistas. Deram a desculpa de que gostariam de conhecer o mar naqueles últimos dias de férias.

– Esta não é a melhor viagem de navio para conhecer o mar, senhor Augusto – respondeu o capitão. – As águas para onde vamos são traiçoeiras. Apenas três das sete ilhas são povoadas, porque as demais estão cheias de mistérios, e o mar ao redor delas está repleto de monstros como o Leviatã.

– Meus três jovens são experimentados na aventura e desejam muito fazer esse passeio, capitão.

– Passeio? – perguntou Martinho, rindo.

Quando a mão de Bátor se estendeu e fez tilintar o saco abarrotado de moedas de ouro, os olhos do capitão brilharam.

– O que é isso, senhor Augusto?! Essa quantidade de ouro paga o óleo de uma baleia inteira que capturarmos. Seus jovens serão mais que benquistos em meu navio. Vou preparar camarotes especiais para eles. Mas preciso avisar que terão de trabalhar pelo menos na limpeza da embarcação. Deixarei de levar três homens experientes para poder acomodá-los.

Bátor acenou com um sorriso, afirmando ser exequível tal demanda. Nada seria mais lisonjeiro para ele do que saber que o grupo seria útil a toda a tripulação. Contudo, uma sombra inquietante pairou sobre o olhar de Martinho.

O capitão pegou o saco com as moedas de ouro das mãos de Bátor e, com misterioso fascínio no olhar, disse-lhe:

– Poderemos enfrentar um oceano revolto, senhor Augusto, e encontrar seres marinhos bizarros e ferozes. Se o senhor quer mesmo embarcar esses garotos no navio, posso assegurar que serão bem tratados, mas não posso dar-lhe certeza de que não passaremos por tribulações e tempestades. Não posso lhe garantir muitas coisas...

– Compreendo, senhor Martinho. Acho justo. Não se preocupe, eles são mais fortes do que parecem. Felipe está levando sua espada. É um excelente espadachim, eu mesmo o trenei.

O capitão olhou para Isaac no cais e não conseguiu acreditar que ele realmente manejasse bem uma espada.

– Não se deixe levar pelas aparências, capitão. Como eu disse, eles são mais fortes do que parecem. Resistem mais que o aço de uma adaga e são tão espertos quanto o basilisco.

E foi dessa maneira que Isaac, Gail e Le Goff embarcaram no *Cachalote*.

Nas primeiras horas de viagem, Gail se sentiu indisposta. Vomitou no tombadilho duas vezes e foi acolhida por Tom, antes mesmo que Isaac pudesse se aproximar para saber como ela estava.

Na verdade, Isaac, que fora acomodado em um mesmo camarote que o anão albino, também buscava se adaptar ao movimento da embarcação. Antes de poder acudir Gail, ele precisava primeiro controlar sua própria ânsia de vômito e aquela sensação de que o mundo todo se movia incessantemente.

Isaac permaneceu algum tempo isolado, pois não queria que Tom o visse no estado de um bêbado, tentando se segurar na amurada ou em qualquer outra parte do navio para se manter em pé.

Le Goff parecia mais confortável em relação ao sacolejo e ao sobe e desce do navio. Pelo menos não demonstrava inquietação; apenas observava tudo e todos.

– Esqueça as oscilações, Gina! – gritou Tom para Gail.

– Como? – ela perguntou, sorrindo, colocando a mão na barriga como se sentisse náuseas.

A brisa rondava para o sul, e as velas do *Cachalote* tremulavam a barlavento. O timoneiro à roda do leme experimentava o vento em seu rosto como quem se submete às águas de uma cachoeira refrescante.

– Olhe para essa imensidão azul, Gina. O ar puro dos oceanos, o movimento vagaroso do navio, o marulho das águas, é tudo como uma sinfonia, uma música perfeita da natureza.

Aos poucos, o terror que inspirava o mal-estar de Gail foi se dissipando ao som das palavras afáveis e poéticas de Tom.

– O mar supera a terra em encantos. Nada se compara a este volume colossal de água que encobre tesouros e mistérios inimagináveis. Encare o movimento das ondas como o refrão de uma canção que se repete infinitamente, elevando sua alma, e você vai desejar cada vez mais velejar pelos mares desconhecidos do sudeste de Enigma.

Quando Tom disse isso, o navio deu uma guinada, tirando vantagem das correntes marítimas que o impulsionavam cada vez com mais força.

Isaac surgiu de uma escotilha, caminhou com passos irregulares pelo convés e se aproximou do bardo e de sua amiga. Le Goff apenas os observava.

– E você, como está? – perguntou ironicamente Antônio para o matemático.

Inesperadamente, Isaac abriu a boca, e um jato de vômito foi lançado para fora da amurada como um canhão que cospe sua munição.

Antônio riu sem qualquer reserva, fazendo com que Gail se juntasse a ele na galhofa. O capitão, o timoneiro, os arpoadores e boa parte da tripulação também se divertiram com a cena.

– "Resistem mais que o aço de uma adaga e são tão espertos quanto o basilisco" – gritou Martinho, repetindo o que ouvira de Bátor antes de zarparem. – O mar não é para amadores, crianças, mas posso assegurar-lhes que amanhã já terão se acostumado com as oscilações, e os enjoos já terão passado. Podemos encher este navio de carne, pães, cordames, velas sobressalentes, água e toda sorte de coisas para nos dar mais conforto; contudo, a coisa mais necessária na navegação é a coragem. Eis aí o único ingrediente que não pode faltar a um marujo, e aquele que o tem não o desperdice de forma tola. Coragem, crianças! Coragem!

Martinho riu zombeteiramente, enquanto discursava. E a tripulação o aplaudiu.

No poente, os últimos raios de sol formavam uma espetacular imagem no horizonte.

– É maravilhoso! – suspirou Gail, contemplando com êxtase a iridescência formada no risco ocidental do mar, onde o infinito era preenchido apenas por água.

Algumas horas depois, Liutprand, Letícia, Tom e os Possuidores se juntavam no convés. Não havia mais enjoo e mal-estar, apenas a deliciosa sensação de serem embalados como um bebê no colo de sua mãe. Todos se regozijavam na noite do primeiro dia no mar.

– A maioria dos dias de outono em um navio é assim – explicou o maestro –, calmaria e conforto.

– O que o faz seguir para o arquipélago? – perguntou Le Goff para Liutprand.

– Ó, meu jovem anão, as festas de celebração a Moudrost.

Le Goff deu de ombros.

– Apesar de tudo, estou feliz que Antônio Feroz tenha vindo comigo – disse Liutprand sorrindo, como alguém que procura enxergar o lado bom de uma tragédia.

– Mas o arquipélago não é um lugar perigoso? – indagou Gail.

– Três de suas ilhas são seguras.

– As três ilhas que são povoadas?

– Sim, minha jovem. Vejo que vocês conhecem pouco sobre a Terra dos Anjos.

Isaac assentiu para o maestro. Le Goff não estava convencido de que Liutprand sabia mais de história do que ele, mas não o interrompeu.

– Há muitos e muitos anos, apenas os anjos habitavam as ilhas do arquipélago. Pouco antes de serem expulsos de nosso mundo, alguns deles tiveram filhos com as mulheres dos seres humanos. Foi assim que surgiram os bardos – explicou, olhando sorridente para Antônio. – Eles deixaram este plano existencial porque a corrupção os alcançou.

– Nós sabemos mais do que você imagina sobre a história do confinamento dos deuses exteriores – revelou o anão.

O maestro demonstrou surpresa ao ouvir o albino.

– O confinamento dos deuses exteriores... Você me parece saber mesmo do que fala, Branquelo.

Le Goff entendeu o olhar de repreensão de Isaac e ficou envergonhado por querer demonstrar seu conhecimento em público.

– Bem, quem não conhece aquelas histórias da criação de Enigma? Eu sou um alado, como não conhecer?

Gail arregalou seus olhos, percebendo que cada vez mais Le Goff dava com a língua nos dentes. Isaac teve vontade de tirar o anão do meio do grupo e prendê-lo em seu camarote.

– Você é um anão alado? – estranhou Letícia.

– Onde estão suas asas? Queremos vê-lo voar – disse Antônio com sarcasmo.

Não havia mais como esconder. A informação saíra de forma espontânea e natural da boca do albino.

– Eu nasci com as asas atrofiadas. Elas estão aí atrás, mas são tão pequenas que se tornam imperceptíveis.

Liutprand achou aquilo curioso. E, assim como Letícia e Tom, ele se inclinou um pouco para a frente, como se fosse capaz de enxergar algum volume nas costas do anão.

– Bom, se você é um anão alado, quem sou eu para falar sobre a história de Enigma? – justificou-se o maestro. – Você é o historiador aqui.

– De forma alguma. Ainda sou muito jovem. Quero ouvi-lo e aprender com o senhor.

– Quanta gentileza, Branquelo! – agradeceu Liutprand.

– Ótimo! A noite está maravilhosa, o clima ameno, e ninguém mais está vomitando. Senhor maestro, conte-nos uma boa história. Nossa viagem vai se tornar ainda mais agradável – insistiu Gail, percebendo que a revelação de que Le Goff era um anão alado não tinha causado problemas a seus disfarces.

Liutprand sorriu e continuou:

– Os anjos eram criaturas divinas, diferentes dos homens, das fadas, dos aqueônios, dos anões ou mesmo dos gigantes. Eles foram as primeiras criações de Moudrost de que temos conhecimento. Existiam anjos que eram verdadeiros líderes. Esses foram denominados deuses exteriores, tamanhos eram sua força e poder.

– Hastur era um deles, não era? – perguntou Gail.

– Sim, minha jovem. E ele foi o líder da rebelião contra Moudrost. Hastur ficou conhecido como o Destruidor da Forma justamente porque conseguia alterar o propósito de toda a criação subsequente. Foi por causa disso que os Objetos de Poder foram criados. Moudrost dividiu todo o seu conhecimento em sete partes e as compartilhou com os seres não divinos. Foi uma maneira de descentralizar o poder, por assim dizer. E depois aprisionou os líderes dos anjos traidores numa dimensão diferente da nossa.

– Eles praticamente foram expulsos de Enigma – reforçou Letícia.

– Os Objetos desapareceram poucos anos após terem sido criados por pessoas comuns como nós. E o líder da rebelião dos anjos, Hastur, conseguiu escapar do aprisionamento.

– Como isso seria possível?

– Ninguém faz ideia, Felipe. Se alguém soubesse a artimanha utilizada pelo anjo opressor, certamente ele já teria sido capturado pelas hostes celestiais de Moudrost. Mas muitas escrituras dizem que foi ele o responsável por eliminar, um a um, os possuidores dos Objetos – respondeu o maestro, referindo-se aos primeiros possuidores.

– Como alguém poderia saber disso se não se tem pista alguma de seu paradeiro?

– Profecia e revelação, Gina – explicou Letícia.

– Profecia e revelação – repetiu Liutprand.

– Como sabe de tudo isso?

Antes de lhe responder, o maestro encarou Gail com complacência.

– Porque eu sou um músico muito estudioso, menina. Eu respiro as artes, e o poder delas é que foi colocado no Objeto de Poder dos anjos.

A noite avançava, mas a conversa não os deixava sentir sono. Um marujo acendeu as lanternas do convés e se dirigiu para o leme a fim de se revezar com o timoneiro para o jantar.

Isaac, Gail e Le Goff sabiam que seriam chamados para comer em companhia do capitão. Mas não queriam sair do convés naquele momento. Precisavam tirar mais informações do maestro.

– Que tipo de poder? Qual seria o Objeto dos anjos?

Antônio só observava a conversa e achou suspeitas as perguntas de Gail para Liutprand. Ela fora a única pessoa além dele a se mover no templo quando o tempo havia parado. E, estranhamente, eles ainda não tinham tocado nesse assunto um com o outro.

– Um Objeto pode ter mais de um poder. Na verdade, um novo poder pode se manifestar quando um ou mais Objetos estão próximos – explicou mansamente, como um didático professor. – A única informação que temos é de que o Objeto dos anjos tem simetria.

Le Goff teve vontade de zombar do maestro. Aquela informação ele já tinha. Na verdade, era uma das poucas coisas que o pergaminho lhe contara sobre o Objeto dos anjos.

– Tem simetria... Que curioso! – refletiu Gail, fingindo que não sabia.

– Tenho outros palpites sobre ele.

– E quais são? – perguntou Isaac ao maestro.

– Não importa. Não passam de puras especulações. Pode ser qualquer coisa ligada ao universo da música, da pintura, da dança ou até mesmo da escrita.

Liutprand tirou uma caixinha metálica e retangular do bolso. Quando a abriu, o luar refletiu a cor dourada de um objeto em forma de forquilha que se acomodava dentro dela.

– Pode ser este simples diapasão.

O maestro se virou e encontrou uma treliça metálica na borda de um barril no deque. Bateu com o diapasão nela, produzindo um som reverberante.

– Este é um som puro, que vibra quatrocentos e quarenta vezes por segundo; é a nota lá.

Estavam todos fascinados, ouvindo o som produzido pelo diapasão de Liutprand.

A língua de Gail coçou de tanta vontade que tinha de perguntar sobre a possibilidade de ser a ampulheta. Mas ela concluiu que seria expor-se demais. Percebia que Antônio observava a conversa com suspeitas. Teve certeza de que, naquele instante, ele também se recordava do que ocorrera no templo.

– E se o Objeto de Poder dos anjos fosse uma ampulheta?

Todos se voltaram para o bardo. A pergunta que ele fez era exatamente a que passava na cabeça de Isaac, Gail e Le Goff.

– Tanto ela quanto o diapasão têm simetria – observou Tom.

Liutprand coçou a cabeça e pensou várias vezes antes de responder.

– É possível, meu filho. É possível. Mas uma ampulheta não emite som; um diapasão, sim. Eu prefiro acreditar que seja ele – respondeu o maestro com risos.

– Engraçado – disse Gail, rindo junto com o pai de Letícia.

– Textos antigos narram a função do Objeto dos anjos sobre os demais – continuou o maestro.

– Então ele é mais poderoso? – inquiriu Le Goff.

– Não que seja mais poderoso, Branquelo. Não se trata disso. Pelas profecias, sabemos que, "como o tom de uma melodia", ele seria capaz de libertar os deuses exteriores de seu aprisionamento.

Um calafrio percorreu a espinha de Isaac.

– Não que ele seja mais poderoso – repetiu. – Ele é apenas diferente. E eu acredito que a expressão "como o tom de uma melodia" se refira a um diapasão. Quem um dia vai nos responder isso é Antônio Feroz Baamdô.

O bardo se assustou e quase caiu para trás quando Liutprand se referiu a ele.

– Eu o presenteei com o diário de um anjo, e cabe a ele agora traduzir os textos que seriam capazes de nos revelar toda a verdade sobre esse Objeto de Poder.

Gail já sabia sobre a existência do diário. O próprio Tom lhe dissera. E mais tarde, naquele dia, Isaac a reprovara por não lhe ter contado sobre aquilo antes.

A conversa se dera logo após o jantar, quando todos já se preparavam para dormir. Isaac não se conteve e foi até o camarote da amiga.

– Como você me diz que sabia sobre esse diário e não me contou?

– Eu converso muitas coisas com Tom. Não tenho como me lembrar de tudo para lhe contar, Isaac.

A madeira da cabine rangeu com o movimento do navio. Isaac baixou a voz. Não sabia até que ponto aquelas paredes conseguiam segurar o som. Não poderia levantar suspeitas sobre os motivos que os tinham levado a embarcar.

– Pelo que vejo, você conversa muitas coisas com Tom. Quando foi que ele se tornou seu amigo, Gail?

– Não me chame assim, Felipe. Se não formos razoáveis, poderemos colocar tudo a perder nesta missão.

Isaac respirou fundo.

– Me perdoe. Eu não vim aqui para pressioná-la. Eu só acho que você deveria ter nos contado sobre esse livro. Ele pode conter todas as respostas de que precisamos.

Os olhos azuis de Gail refletiam a luz da lanterna de seu camarote. Eles pareciam pedir desculpas. Ela sabia que Isaac tinha razão.

– Não podemos nos esquecer do que viemos fazer aqui. Temos de ter foco.

– É apenas isso que eu desejo, Gina. Essa história pode terminar muito antes do que imaginamos. Talvez tudo o que procuramos já esteja debaixo do nosso nariz. Tenha bons sonhos.

Isaac deixou a cabine de Gina e atravessou o longo corredor escuro para alcançar seu quarto. Todos tinham orientação para apagar as lanternas quando fossem dormir. Deveriam se prevenir contra incêndios.

Assim que o matemático fechou a porta de sua cabine, um facho de luz iluminou o corredor. A porta do quarto de Letícia se abriu lentamente, e seus olhos surgiram pela fresta. A enorme cicatriz deformava ainda mais seu rosto no escuro, dividindo as sombras para um lado e o reflexo parco da luz para o outro.

A filha de Liutprand havia escutado a conversa de Isaac com Gail.

# PARTE III

# DO TOMBADILHO À GÁVEA

Era o quarto dia do *Cachalote* no mar, e Isaac estava prestes a ser promovido. Ele esfregava o convés, conforme tinha sido orientado a fazer no primeiro dia. Diante dele estavam dois marujos que não conseguiam prender a vela do traquete.

– O mar está uma calmaria – disse um dos homens, dando pela quinta vez, sem sucesso, um nó na corda da vela.

– Como ontem – respondeu seu companheiro.

– Se o tempo continuar assim, levaremos semanas para atingir o arquipélago.

Os homens conversavam, tentando estender a vela. Um deles parecia muito inexperiente, pois deixara a retranca escapulir, movendo-se como um pêndulo na horizontal. O braço de madeira quase acertou Gail, que subia a escada da proa no momento em que a retranca girou.

A garota se desviou com rapidez e lançou um olhar de surpresa para Isaac, como se dissesse: "Marinheiros de primeira viagem".

Isaac lhe devolveu o sorriso.

O matemático já se acostumara com muitas rotinas do navio e todas as manhãs observava os trabalhadores do mar executando suas funções, enquanto ele se encarregava de varrer e passar pano no convés.

Inconformado com a dificuldade dos dois marujos, Isaac se levantou e caminhou até eles. Nesse mesmo instante, o capitão Martinho subia de seu camarote para conversar com o timoneiro.

– Ei, pessoal! – chamou Isaac. – O problema está no nó que vocês estão fazendo.

Com muita simplicidade, o garoto tomou a corda das mãos dos marinheiros, deu algumas voltas nela e fez com que a vela ficasse presa à ponta da retranca. Colocou pressão no cabo de estai para testar se estava realmente seguro e em seguida, para não parecer antipático, buscou outra corda do saco que estava no tombadilho e começou a explicar criteriosamente para os marinheiros como fazer o nó.

Martinho, que assistia a tudo de longe, se afeiçoou ao modo amigável, gentil, honesto e servil de Isaac.

Letícia surgiu de uma escotilha e viu Gail no arco da proa, bem na base do mastro do gurupés, na porção frontal do *Cachalote*. Sentiu os raios de sol brandos da manhã tocar-lhe o rosto e sua cicatriz. Com a cabeça erguida, fechou os olhos e sorriu. Era uma manhã perfeita, não fosse a falta de vento para impulsionar o navio.

A filha do maestro caminhou na direção de Gail, não sem perceber Isaac concentrado, dando uma aula sobre "amarração de velas" para os dois marinheiros.

Os marujos não perceberam que o capitão os observava, o que poderia deixá-los inibidos com o aprendizado e desestimulados, por parecerem inexperientes. Pelo contrário, ficaram satisfeitos com a presença de Isaac.

Le Goff acabara de tomar seu café da manhã e subira para o tombadilho no momento exato em que Letícia se aproximava de Gail, e Martinho, de Isaac.

O anão albino costumava pegar os primeiros raios de sol da manhã por causa de sua pele frágil e já percebera a rotina do navio. Porém, naquela manhã, parecia que algo havia mudado.

Letícia sempre acordava tarde, junto com Tom e o maestro Liutprand. Mas nesse momento estava ali, rondando Gail como uma leoa predadora faz com sua presa nas primeiras horas do dia.

O capitão, embora simpático e amistoso, não era dado a conversas com seus subordinados que não fossem os dois comandantes do navio e o timoneiro. Raramente passava uma ordem direta para um marujo. Contudo, aproximou-se de Isaac para conversar com ele.

– Impressionante!

Isaac já havia se sentado no tombadilho novamente e continuava a esfregar o piso da embarcação. Olhou para cima, surpreso ao ver quem lhe falava.

– Parabéns, Felipe! Em toda a minha vida no mar, nunca vi alguém tão jovem dar um nó de escota com tanta destreza e confiança.

– Obrigado, capitão. Foi Bátor… quero dizer, foi Augusto que me ensinou.

Então, Isaac se recordou de seu treinamento no Castelo de Smiselno e de como resistira a aprender sobre nós e amarrações. Mas Bátor insistira, e aquele conhecimento o livrara da morte uma vez, quando Le Goff e ele ficaram presos no quarto do alto da torre, junto com serpentes.

– Me perdoe, mas não posso deixar limpando o chão do meu navio um homem com as habilidades que você tem.

Isaac sorriu. Procurou Gail, mas viu que ela estava distante, conversando com Letícia. Desejou muito que alguém escutasse o capitão falando daquele jeito com ele. Nada poderia ser mais lisonjeiro. Sentiu-se orgulhoso e, em seu coração, agradeceu a Bátor.

— O que o senhor quer dizer com isso, capitão? — perguntou Isaac.

Martinho não lhe respondeu de imediato.

— Você também é bom em trepar nas coisas?

Isaac lhe respondeu com um aceno de cabeça.

O capitão olhou para o alto, para a parte mais elevada do mastro principal do navio, o que fez com que Isaac olhasse também, e depois gritou um nome.

— Smollet!

Um dos marujos, que desfraldava as velas da mezena, adiantou-se para atender ao chamado.

— Faça Patrick descer da gávea e diga para ele ensinar tudo o que for necessário para que este rapaz entre na escala de turno com ele.

Smollet olhou para Isaac com suspeitas, mas não ousou questionar as ordens do capitão. Correu até uma corda que descia do mastro principal e se prendia numa fivela e a puxou.

No cesto da gávea, ponto mais alto ao qual um marujo consegue subir no navio, um sino tocou, chamando a atenção de Patrick. O marinheiro olhou para baixo e viu Smollet fazendo gestos com as mãos. Era um sinal dizendo que ele descesse para o tombadilho.

Mais tarde, Isaac aprenderia todos os códigos de navegação. E aquela cena de Smollet gesticulando para Patrick viria sempre à sua mente quando fosse necessário usar a linguagem dos marinheiros.

Le Goff observou Isaac subir para a gávea com o vigia. O anão deixou brotar um sorriso. Ele sabia que ver um garoto se tornar um líder era um privilégio. As mudanças aconteciam aos poucos e eram fruto de situações como aquela que acabara de presenciar. Isaac fora promovido, embora uma promoção não fosse nem de perto algo pelo que ele almejasse. As coisas haviam acontecido naturalmente, porque Isaac se dispusera a fazer bem o trabalho que o capitão lhe confiara; e, quando pôde ajudar os outros trabalhadores do navio, ele o fez sem reservas.

Le Goff viu Isaac desaparecer ao se enfiar no cesto da gávea com Patrick, e então baixou o olhar para o castelo da proa.

As coisas não pareciam tão tranquilas e pacíficas para Gail. Mesmo de longe, o anão percebeu que sua amiga estava com o corpo rígido e tenso enquanto conversava com a filha do maestro.

O albino deduziu que conversavam sobre Isaac ou Tom, ou sobre ambos. Deu de ombros e deixou seus pensamentos se perderem na contemplação da beleza do mar.

O céu estava sem nuvens e também sem vento. Apenas uma brisa leve rondava para o sul, incapaz de impulsionar as velas do *Cachalote* com eficiência.

Minutos antes, enquanto Isaac era surpreendido pelo capitão, Letícia procurava uma maneira de abordar Gail. A conversa que se deu entre elas foi a seguinte:

– Olá, Letícia, bom dia! – disse a menina ao notar que era observada pela filha de Liutprand.

A verdade é que o sorriso de Gail desarmara Letícia, que se aproximara com um olhar desafiador e incriminatório.

– Está uma bela manhã, não acha? – continuou Gail, com uma voz ainda mais amável, como a de uma pessoa que está apaixonada. – E pensar que eu tinha muito medo de subir em um barco ou navio... Eu jamais teria tido a chance de desfrutar de momentos como este.

Gail percebeu que havia suspeição na expressão facial de Letícia.

– O que foi? Você não está se sentindo bem?

Letícia demorou a responder. A indecisão parecia afligi-la sobremaneira.

– Eu não sei como lhe dizer – começou ela. – Eu nem sei se a chamo de Gina ou de Gail.

Um calafrio paralisou a filha de Bátor.

Imediatamente Gail compreendeu que a garota ouvira sua conversa com Isaac na noite anterior, pois fora a única vez em que seu verdadeiro nome tinha sido pronunciado no navio.

Os olhos arregalados de Gail pareciam assustar Letícia, como se esta tivesse feito algo de errado.

Gail percebeu que a menina não estava nem um pouco confortável em abordá-la com tamanha sinceridade e discrição. A expressão acusatória com que Letícia se aproximara dera lugar ao medo e à insegurança.

– Gail. Eu me chamo Gail. Mas gostaria que você continuasse a me chamar de Gina – respondeu com um tom de voz suave, retirando a expressão de espanto do rosto.

Era impossível saber o que Letícia escutara da conversa. Gail tentava se lembrar de tudo o que conversara com Isaac na noite anterior, em seu camarote. Precisava formular uma estratégia para usar com a filha de Liutprand.

O clima estava tenso entre elas, e Gail buscava minimizar a tensão, pois ficara incomodada com a demonstração de pânico que Letícia começava a manifestar, o que poderia colocar tudo a perder.

– Não precisa ficar com medo de conversar comigo, Letícia. Vejo que você andou escutando minha conversa com Isaac.

– Oh, não! Não foi a minha intenção. É que nossas cabines ficam próximas. Gail…

Letícia parou de falar. Gail olhou para o lado, verificando se mais alguém as ouvia. Avistou Isaac escalando o mastro principal, atrás de Patrick.

– Desculpe-me! Você me pediu que continuasse a chamá-la de Gina.

Mesmo sendo abordada em um assunto tão importante e delicado, Gail percebeu que a filha do maestro não tinha a intenção de ameaçá-la ou chantageá-la com o que descobrira.

– É a primeira vez de vocês no mar. Entendam uma coisa: não existem segredos em um navio.

Gail se surpreendeu com a advertência. Esperava que Letícia a denunciasse ao capitão ou que revelasse a seu pai toda a conversa que escutara do camarote de Isaac, mas não. Ela lhe trazia um conselho.

– É muito complicado para eu tentar explicar, Letícia.

– Então, vou repetir: os segredos não ficam guardados por muito tempo em um navio, Gina. Passamos muitos dias confinados, em contato com um número restrito de pessoas, por maior que seja a tripulação. Os dormitórios são apertados e próximos, as paredes internas de madeira não bloqueiam devidamente o som de nossas palavras, sem contar a necessidade que vai surgindo de nos abrirmos com alguém… Uma hora, de um jeito ou de outro, deixamos escapar um segredo, e ele se espalha como corante em água.

Gail compreendera tudo o que acabara de escutar. Só uma coisa ainda a deixava confusa.

– Por que está fazendo isso, Letícia? Por que não foi direto a seu pai, a Tom ou ao capitão falar sobre suas suspeitas?

As duas garotas se voltaram para a frente do navio, apoiando-se na amurada da proa. Gail esperava uma resposta.

– Eu fui criada nos templos de Moudrost para seguir seus mandamentos. Meu pai me educou para que eu fosse uma boa pessoa, Gina. Ele sempre me falou para lutar contra os sentimentos ruins que surgissem em meu coração. Chantagear alguém não faz parte de minha índole.

Gail assentiu e se lembrou dos conselhos e da criação que recebera de Bátor.

– Desde que vocês chegaram eu tenho travado uma luta. Tom é como um irmão para mim, mas parece que agora só tem olhos para você. Isso me incomoda. E o pior é que eu nem sequer consigo imaginar que você não mereça a atenção dele. Você, Felipe e Branquelo não parecem pessoas más. Nós vimos Augusto, seu pai, jogar-se no meio do fogo para buscar o corpo de Ismael...

– Nós realmente não somos pessoas más – respondeu Gail ao perceber que Letícia ficara sem palavras. – Nós também não somos turistas. Estamos em uma missão real. A rainha nos enviou para encontrarmos o sétimo Objeto de Poder.

Anestesiada pelo que ouvira, Letícia se virou de frente para Gail, surpresa.

– Desculpe-me por ser tão direta. Você foi muito sincera e agiu com maturidade, procurando-me primeiro para saber sobre o que escutara. Não posso continuar mantendo este segredo de você, Letícia. Na verdade, quero poder contar com sua ajuda.

– Vocês foram enviados pela rainha Owl? – perguntou Letícia, deslumbrada.

– Se eu fosse lhe contar todas as nossas aventuras, passaríamos dias conversando. Mas, em resumo, é isto: encontramos evidências de que o sétimo Objeto de Poder estava em Parveen. Chegando lá, coisas estranhas aconteceram no templo. Quando a tempestade começou e o teto de vidro se estilhaçou, Antônio tocou na Dobra de Ouro e, ao girá-la, ele fez o tempo parar.

Os olhos de Letícia se abriram ao máximo, e ela ficou um bom tempo sem piscar. Parecia escutar uma história de fantasia contada por alguma bibliotecária de Enigma. Mas recordou-se da sensação estranha que tivera quando Gail surgira diante de seus olhos no lugar onde antes estava Tom no templo. Ele desaparecera, e ela tomara o lugar do bardo repentinamente.

– Ele não me contou nada – reclamou Letícia.

Gail se recordou do instante em que o tempo havia parado e se perguntou por que ainda não tinha conversado com Antônio sobre aquele bizarro acontecimento em Parveen. O que ela estava esperando? O que Tom aguardava para ter uma conversa sobre o evento com Gail?

– Eu e Tom ainda não paramos para falar sobre o que houve.

Letícia achou aquilo imprudente.

– Por que não nos disseram isso antes? Meu pai sabe tudo sobre esses Objetos. Ele poderia ajudar.

– Não é tão simples assim, Letícia. Por várias vezes estivemos à beira da morte por causa dessa busca. Ela precisa ocorrer com a maior discrição possível.

– Você está me pedindo que guarde segredo?

– Os segredos não duram muito tempo em um navio. Foi você que me disse.

As jovens esboçaram um sorriso. Começavam a se entender.

– Eu me preocupo com Tom – confessou Gail. – Ele ainda está muito ressentido pelo fato de Ismael ter ocultado dele, estes anos todos, sua origem. Temo que ele se volte contra nós quando souber que estamos aqui por razões que tivemos de ocultar dele também.

– Ele já desconfia de haver algo estranho.

– Como?

– Conversamos muito nos dias que se seguiram à morte do pai dele. Ele não consegue compreender o que um anão albino faz junto com vocês. Não é comum esse perfil de visitantes religiosos em Parveen. Em seguida, vocês embarcam no mesmo navio que ele. Não precisa ser muito esperto para achar que algo estranho está acontecendo, não é?

– Você tem razão. Não é preciso muito esforço para perceber. Eu falarei com ele.

O sorriso que se abriu no rosto de Letícia confirmou sua sinceridade em procurar Gail para a conversa e também até que ponto a filha do maestro se preocupava com Tom.

As duas garotas olharam para cima e avistaram Isaac. Ele acenou para elas com um sorriso largo no rosto. Todas as velas do navio já tinham sido desfraldadas, mas não havia vento suficiente para impulsioná-las.

– Acredito que ficou bem claro para mim que um navio não comporta segredos por muito tempo – observou Gail. – E, se estamos nos tornando amigas, preciso contar algo para você: eu possuo um Objeto de Poder.

Letícia ficou muda.

– Prometo contar tudo para você e para Tom assim que tivermos uma oportunidade. Agora veja isto.

Gail retirou seu Objeto do bolso.

– O cubo encantado! – suspirou Letícia, demonstrando ter conhecimento sobre o artefato.

– Nós o chamamos de Cubo de Random.

Então, Gail girou uma face do Objeto. De repente, todas as velas da embarcação se retesaram.

– Smollet! Cabral! Roberto! – gritou o capitão, do tombadilho. – Ajustem as velas. Por Mou! Parece que estamos com sorte!

Um vento forte começou a impulsionar a embarcação.

– Andem! O que vocês estão esperando? Vamos aproveitar a ventania! – ordenou o capitão.

Letícia compreendeu que fora Gail que fizera o vento soprar daquela maneira.

– Isso é simplesmente incrível, Gina!

Isaac sorria no cesto da gávea, sempre olhando para baixo e acenando para Gail e Letícia.

Houve uma agitação de marujos indo de um lado para outro, puxando e ajustando cordas e cabos. O timoneiro olhou em seu caderno as instruções de destino do *Cachalote* e girou o timão. Estavam todos em polvorosa alegria.

Le Goff se surpreendeu com o sopro repentino do vento nas velas. Não teve dúvidas de que havia o dedo de Gail nos acontecimentos que tinham provocado o burburinho.

Liutprand e Tom subiram para o deque. Não havia como não notarem que algo acontecia na parte superior do navio. A alegria era contagiante. Alguns marinheiros gritavam, eufóricos, sentindo que o *Cachalote*, cada vez mais veloz, singrava o mar.

Isaac foi o primeiro a avistar um grupo de golfinhos nadando ao lado do navio. Pareciam competir com a embarcação que ganhava velocidade. Saltavam um por vez, numa dança coreografada, jorrando água pelos ares.

Gail e Letícia desceram o castelo da proa e pararam na amurada a estibordo para verem mais de perto os golfinhos.

– Oh! Como são lindos os peixes saltitando nas águas! – exclamou Gail.

– Não são peixes, Gina – corrigiu Letícia. – São mamíferos como nós. Os golfinhos são mamíferos.

As duas riram intensamente.

Tom estranhou a mudança de comportamento de Letícia em relação a Gina. Elas estavam fisicamente muito próximas e pareciam se divertir bastante com a presença uma da outra.

Le Goff também ficou sem entender. Minutos antes, elas pareciam ter um desentendimento, mas as coisas haviam mudado num estalar de dedos. Que parte da história o anão havia perdido?

Tom e Le Goff não sabiam que agora elas compartilhavam um segredo. E não havia nada mais poderoso do que um segredo para selar uma amizade.

O anão enfiou a mão no bolso e sentiu o pergaminho. Num piscar de olhos, viajou ao passado e ouviu a conversa entre elas. De volta ao presente, ele não sabia o que pensar, mas teve certeza de que Isaac não se sentiria à vontade com o que Gail havia feito.

O Pergaminho do Mar Morto permitia a Le Goff viajar ao passado e conhecer a história como ela realmente ocorrera, mas algo o intrigava. Sempre que ele pedia que o Objeto de Poder lhe mostrasse o passado de Tom, as imagens vinham picadas, fora de ordem, como se um encantamento ou magia tentassem esconder algo.

Le Goff observou Tom se aproximar das garotas, mas não sem antes descobrir, surpreso, que Isaac se encontrava no alto do mastro principal.

Um marinheiro soltou um "urra!" de satisfação por ver a embarcação se movendo velozmente. Outro começou a bater na madeira da amurada, criando um ritmo ininterrupto com a batida. De repente, o percursionista começou a cantarolar uma canção.

*Uma embarcação surgiu no mar.*
*Cachalote era seu nome. Homens viera recrutar.*
*Atrás de baleias sairia a velejar,*
*Com marujos sem igual.*

*Quando a pesca chegar ao fim,*
*Festejaremos com danças e clarim.*
*O gigante do oceano em meu arpão vou exibir,*
*E o Cachalote retornará.*

Na segunda estrofe da música, toda a tripulação já cantava junto.

Gail não sabia se olhava para a dança dos golfinhos ou para a dança dos marujos que começava no tombadilho. Um deles batia no barril vazio que seria usado para armazenar óleo de baleia, reforçando a marcação do ritmo da canção.

Isaac começou a descer pela escada de marinheiro, gargalhando ao assistir, lá de cima, à dança dos companheiros.

Uma emoção indizível tomou conta de todos. Até o maestro entrou na festa musical, fazendo o baixo da canção. Ele ainda gesticulava com as mãos, como se estivesse regendo o coral de marinheiros.

Enquanto isso, Le Goff se aproximou do timão. Estavam todos tão envolvidos com a festa que não perceberam a sutileza do anão ao puxar o caderno com as anotações que mostravam a direção que o navio devia seguir.

O albino tinha uma memória superpoderosa. Agora as informações que o capitão havia passado para o timoneiro estavam guardadas também em sua mente. Ele desenvolvia um plano. Contudo, estavam todos distraídos para se importar com o que Le Goff fazia ou pensava, principalmente depois que Tom puxara Gail para dançar.

Com enérgicos movimentos, o casal rodopiava de frente um para o outro, parava e saltitava de mãos dadas, três vezes para lá e depois para cá, como se tivessem ensaiado. Depois Tom oferecia a mão para Gail, que lhe entregava também a sua, antes de passar por baixo do braço do bardo e girar.

O capitão Martinho começou a bater palmas, sempre no ritmo marcado por seu subordinado no barril de óleo de baleia.

A lembrança de Gail dançando com Bátor no Castelo de Smiselno surgiu na mente de Isaac. Curiosamente, ele não ficou com ciúmes de vê-la dançando com Tom. A diversão era tão contagiante que não sobrava espaço para sentimentos ruins no coração de ninguém.

Até mesmo os homens que não podiam subir ao tombadilho cantavam ao ouvir a música. Havia festa na cozinha, nos depósitos de suprimentos e na sala de armas.

Isaac recusou duas vezes o convite de Letícia para dançar com ele.

Gail percebeu e se afastou de Tom, mantendo o passo de dança no pé. Puxou seu amigo matemático e começou a saltitar, dessa vez na frente dele, enquanto Tom iniciava sua dança com Letícia, como se tudo tivesse sido combinado.

– Divirta-se, garoto! – gritou Martinho para Isaac. – Não tem por que se envergonhar. Aqui somos todos irmãos.

Desconsertado, Isaac começou a mexer o corpo timidamente, jogando o quadril para um lado e para outro, sem mover os pés do lugar.

– Pule, Felipe! – orientou Gail. – Aproveite o momento como se não houvesse mais nada com que se preocupar – e ela riu intensamente.

Sem saber se ela ria por causa de seu jeito tosco e irregular de chacoalhar o corpo ou se era por plena satisfação de estar feliz, Isaac tomou coragem e tirou os pés do chão. Estava cada vez mais solto e leve.

Gail movia as mãos no ar, e o vento soprava mais forte a seu comando. O cubo fora colocado de volta em seu bolso assim que a cantoria começara. Ela detinha cada vez mais controle sobre o seu poder. Ela sorria, girava, segurava a mão de Isaac e o incentivava a continuar a festejar para em seguida soltá-lo.

Ondas mais fortes colidiam com a embarcação, e, quando isso ocorria, um jorro refrescante de água era cuspido para dentro do navio. Em pouco tempo, vários marinheiros dançavam juntos com os dois casais que antes os entretinham. Mas não paravam de cantar.

Em meio à patuscada, Le Goff teve tempo de usar o astrolábio, a bússola e o sextante do timoneiro para fazer alguns cálculos com as informações que memorizara sobre o trajeto que o navio devia seguir. O anão se movia com cautela, sempre cuidando para não chamar a atenção.

A festa durou aproximadamente vinte minutos, o que foi suficiente para trazer o ânimo necessário à tripulação. Quando a música findou, a sensação era de que tinha durado pouquíssimo tempo. Entretanto, foi o bastante para Le Goff fazer seus cálculos e, com um rabisco simples e forjado, adulterar a latitude de destino do *Cachalote* no caderno do timoneiro. Era quase impossível perceber que o número fora modificado.

Le Goff se afastou do timão e desceu a escada a estibordo do castelo de proa. Seus olhos se cruzaram com os do capitão, que ainda batia palmas e cantava. Rapidamente, o anão também começou a bater palmas, com certo desconforto disfarçado.

Tudo indicava que não fora visto mudando a rota do navio alguns graus a mais para o sul.

# NAS RUÍNAS DE ZARA

O topo das colinas estava coberto por névoa.

Bátor reduziu a velocidade da cavalgada e avistou o mar. Os navios não sustentavam outra bandeira que não a do exército de Enigma. Dois homens guardavam o portão do arraial.

Todo o corpo do paladino doía por causa da longa viagem que fizera para chegar até o Deserto da Desolação. Ele precisava de banho, comida e descanso.

O acampamento fora construído nas Ruínas de Zara, sobre a colina mais alta do deserto, de onde era possível enxergar toda a porção leste do Mar do Sul e, nas areias, as gigantescas pirâmides ao longe.

Um dia, em um tempo muito distante, quando os anjos andavam como homens pela terra, havia um maravilhoso e enorme castelo naquele lugar. Agora, o que restara da construção abrigava vigias e funcionava como um forte.

Nas areias do deserto, que se estendiam até a beira do último morro, espalhavam-se tendas militares. Era um local hostil, principalmente para conseguir manter os cavalos em boas condições para uma batalha.

Os soldados de Ignor tinham conhecimento das dificuldades enfrentadas pelo exército de Enigma para defender a borda marítima do Deserto da Desolação, por isso planejavam iniciar os ataques naquela região, que lhes serviria de entrada para o reino.

O exército de Enigma estava sob a liderança do general Spencer, um senhor de meia-idade de barba e cabelos grisalhos, olhos aquilinos, tez alva e moderação no falar.

Ao reconhecer Bátor, Spencer abriu um sorriso que raramente era visto por seus homens e o abraçou. A recepção ao paladino deixou claro para os soldados como o general o considerava.

– Que bons ventos o trazem, meu amigo Bátor?

Após dispensar os guardas e ver cerradas as portas do átrio diante de si, Spencer adotou uma postura menos marcial e intimidatória. Convidou o paladino a se sentar, enquanto buscava uma garrafa de vinho e dois copos de prata.

– De onde você vem? Deve estar cansado.

– Venho do norte. De Parveen.

Spencer terminou de tomar um gole e não parecia haver qualquer interesse genuíno de sua parte na resposta do cavalheiro. Mas continuou a fazer perguntas. Era sua maneira de se certificar de que o homem que tinha diante de si não era um impostor passando-se pelo paladino da rainha.

– E a família? Seu garoto deve estar enorme. Sua filha, sua mulher.

– Sim. Eles cresceram – respondeu Bátor, tentando imaginar como estaria Gail a bordo do navio *Cachalote*.

A ventania golpeava as janelas de madeira da sala de guerra, provocando um assobio semelhante ao som de pífaros.

– Eu sempre o admirei, a maneira como trata Afânia, como cria seus filhos. Você é um exemplo que inspira todo homem de caráter em Enigma, Bátor.

– Talvez eu seja apenas um homem suavizado pelo casamento.

O general engoliu uma segunda porção de vinho e sorriu.

– Entregar a uma mulher parte do comando de sua vida requer muita fé. Eu o admiro.

– Ela mereceu cada parte que lhe entreguei.

Com os olhos de um caridoso pai e a compreensão de um sábio, Spencer anuiu, apontando o dedo indicador para Bátor com a mesma mão que segurava seu copo.

– Não tive a mesma sorte.

– Mas conseguiu realizar seu sonho. Tornar-se o general de um exército grandioso como este é algo extraordinário. Eu vi o acampamento nas pedreiras. Todos esses homens respondem a você.

– A idade coloca tudo em perspectiva, meu amigo.

Bátor balançou negativamente a cabeça e manteve um ar de dúvida.

– Você nunca foi de se arrepender de uma decisão tomada, Spencer.

– Por isso ela me deixou – respondeu o general, referindo-se a sua ex-mulher.

– Nem sempre podemos ter tudo nesta vida. Nossas prioridades cobram um preço.

Os dois se olharam por algum tempo e riram em seguida.

– Seu nome não consta na minha lista de comandantes – informou o general. – Ele foi cogitado para esta guerra, mas você não foi encontrado em Corema. A rainha confia em você, Bátor. Ela o defende quando você não está presente. Foi ela que o enviou?

– Não. Fui nomeado para outra missão. A rainha ainda não sabe que estou aqui. Fui atrás do que ela queria, fiz minha parte até descobrir que meu irmão está comandando uma das frotas que vêm contra nós.

Então me certifiquei de que a missão para a qual fui incumbido seria cumprida por um de meus homens – disse Bátor, lembrando-se de sua conversa encorajando Isaac a se tornar o líder que o garoto desejava ser – e parti para cá.

O general Spencer analisou cada palavra daquela história peculiar. Não ousava perguntar para o paladino no que ele estava metido. Não importava.

– Poucas coisas são tão poderosas quanto um desejo pessoal.

– Poucas coisas são tão poderosas quanto um desejo pessoal – repetiu Bátor.

– O que você pensa que vai acontecer? Você vai se encontrar com seu irmão? Vai matá-lo? Prendê-lo? Pois você sabe que ele não poupará sua vida, se tiver a chance.

Bátor evitava pensar em qualquer coisa.

– Eu não faço ideia. Nós podemos tomar a decisão que for, mas quem dá a palavra final sobre nosso destino é Moudrost. A única coisa que sei é que eu precisava estar exatamente aqui.

– Você sabe que não posso remover um nome da lista para colocar o seu entre os comandantes de nosso exército. Eu teria de enviar um mensageiro à capital e esperar por uma resposta oficial da rainha.

– Não é isso que eu quero, Spencer.

– Você é bom demais para não estar no comando de uma tropa.

– Posso lhe servir de conselheiro de guerra.

A porta da sala se abriu, e um criado serviu carne de cervo com legumes e batatas cozidas.

Assim que o serviçal saiu, a conversa continuou:

– Conselheiro de guerra? – perguntou-se o general.

Bátor balançou a cabeça, quase irônico.

– É estranho você surgir do nada em meio a uma guerra que está prestes a eclodir – disse Spencer cautelosamente.

– A verdade está em cada palavra que você ouviu da minha boca.

– Não tenho dúvida. Quando o abracei tive certeza de que era meu bom e velho amigo Bátor. E em nenhuma de suas palavras encontrei falsidade.

Com o vigor renovado, o general Spencer se levantou, caminhou até uma estante cheia de livros e pegou um rolo de pergaminho em uma das gavetas. E, da forma como um pai entrega sua filha no altar, estendeu o Objeto para seu novo conselheiro.

Escurecia, embora as lanternas ainda se encontrassem apagadas em todo o arraial do exército de Enigma. A temperatura caía bruscamente nas ruínas, e o silêncio nos corredores da fortificação aumentava.

Curioso, Bátor abriu sobre a mesa o pergaminho que recebera e começou a analisá-lo. Era o registro das táticas de guerra que o exército seguiria.

– O Conselho estabeleceu isso?

– Os mesmos nobres militares de sempre – respondeu o general.

– Estão esperando que eles ataquem apenas pelo mar?

– Nenhum exército conseguiria atravessar o deserto e se manter forte o suficiente para um confronto conosco neste litoral.

– No ataque à capital, nossos inimigos usaram magia, e os espiões entraram no palácio metamorfoseados em gatos alados – lembrou-se Bátor.

Spencer largou o copo de vinho sobre a mesa e se aproximou de uma das janelas, de onde se podia ver o mar. Virou-se novamente para o paladino e respondeu:

– Você está sugerindo que podemos ser surpreendidos.

– Estou apenas dizendo que, em uma guerra, não basta trabalhar baseado em possibilidades convencionais. São em momentos como estes que novas tecnologias são desenvolvidas e novas armas são criadas, e não podemos ser pegos de surpresa.

– O que está acontecendo em Enigma? – perguntou Spencer, reavaliando tudo o que estava escrito no pergaminho que entregara nas mãos de Bátor. – Quando éramos mais jovens, travava-se uma guerra apenas com espadas, lanças, flechas e escudos. Você ouviu falar sobre o que aconteceu no Planalto de Gnson?

– Não faço ideia do que você está falando. Nas últimas semanas, estive envolvido...

– Na missão secreta da qual a rainha o incumbiu – interrompeu Spencer, completando, com quase um deboche, o que Bátor dizia. – Havia uma comunidade no Planalto de Gnson liderada por um louco. Ele se passava por um tipo de sacerdote e usava magia para aprisionar as pessoas, fazendo-as trabalhar para ele. Usava a força para reprimir os rebeldes que tentassem fugir de sua ilha no meio de um lago. Escravizada, a comunidade fazia trabalhos forçados numa mina, sendo que todo o ferro extraído era vendido para homens de Ignor. Isso tudo acontecia dentro de nosso reino, às escuras.

Pensativo e recordando-se do ataque que sofrera no caminho para a capital, onde fora feito refém de *goblins*, Bátor confessou:

– Não me espanta. Enigma tem se tornado um lugar perigoso, e a rainha se culpa. Ela sabe disso e está tentando salvar um governo que sempre foi de paz, segurança e abundância, por isso pretende, em breve, passar a coroa.

Spencer demonstrou surpresa.

– É nessa questão que você está trabalhando para ela? – perguntou, sem saber se teria resposta.

– Sim. E, em nome de nossa amizade, isso morre nesta sala.

– Pela minha honra como general! Por Mou! Onde vamos parar? Todo o metal extraído do Planalto de Gnson estava sendo enviado para uma forja próxima à cidade de Bolshoi. Era usado para produzir armamento bélico para o exército inimigo.

– Certamente a rainha já sabe disso.

– Claro. E o mais impressionante vem agora. Todo o esquema de corrupção e crimes contra aquela gente foi desfeito por uma garota, uma jovem, quase uma criança.

Foi a vez de Bátor se surpreender. O paladino teve uma sensação estranha. Suspeitou do que ouvia, mas preferiu deixar Spencer terminar a história.

– Uma garota que voava usando uma capa vermelha. Onde já se viu uma coisa dessas? Não era um anão alado, mas uma garota.

"Aurora", pensou Bátor.

– Magia! Ela tinha uma magia poderosa. Se não fosse assim, jamais conseguiria quebrar a opressão e libertar o povo cativo. Primeiro, aqueles malditos espiões transmutados em animais voadores na capital, depois a notícia sobre essa garota. Você tem razão. Talvez tenha sido providencial sua vinda até aqui, meu amigo. Preciso que me aconselhe.

Bátor sorriu, enquanto o general Spencer concluía:

– Eu sei que não deveria dizer isso, pois o conheço muito bem, mas tenho intimidade com você, e é sempre bom relembrar: não deixe que seu desejo de reencontrar seu irmão interfira em seus julgamentos. Estamos no meio de uma guerra.

# O SÉTIMO OBJETO

Os dias no mar pareciam infindáveis, o que fez Isaac e Gail repensarem sobre a decisão de embarcarem no *Cachalote*. Isso gerou uma discussão entre eles, mas não parecia incomodar Le Goff.

– O que você acha, Le? – perguntou Isaac.

– Penso que precisamos confrontar Antônio. O Pergaminho não me conta o passado dele, como deveria. Alguma coisa não está certa nisso tudo.

– Sim, Le Goff. Você e Isaac têm razão. Há algo de errado nisso tudo, mas não é culpa do Tom. Se ele ativou algum poder naquela ampulheta e se ela realmente é o Objeto de Poder que procuramos, ele mesmo não faz ideia disso.

– Por que você o defende tanto, Gail? – perguntou Isaac, incomodado.

– Porque ele está na mesma condição que nós, da mesma forma como quando você encontrou os Dados de Euclides. Não se sentiu confuso também?

Isaac não respondeu.

– Qual o problema em não sabermos de nada sobre o passado dele? – perguntou a garota para o anão albino.

– O poder de um Objeto só não se manifesta corretamente diante de magia profunda.

– O que está sugerindo com isso, Le Goff? – perguntou Gail.

O anão sentiu certa agressividade no tom de voz da amiga, por isso se esquivou de revelar o que realmente pensava.

– Nada. Apenas que precisamos conhecer melhor as pessoas com as quais estamos viajando.

– Perguntem diretamente a ele. Não podemos agir como criancinhas – comentou Gail. Pensou mais um pouco e confessou: – Eu contei para Letícia que tinha um Objeto de Poder.

Apenas Isaac se espantou.

– Você o quê? – indagou o matemático, incrédulo.

– Novidade... – zombou o anão. – Você a conheceu ontem e está mais amiga dela do que de nós.

Gail ignorou o ciúme de Le Goff.

– Ela ouviu nossa conversa em uma das noites passadas. E poderia muito bem já ter contado tudo para seu pai, para Antônio ou até mesmo para o capitão. Mas não. Ela me procurou, e eu acreditei que ela queria apenas saber se somos realmente confiáveis. A propósito, ela me disse uma coisa interessante: em uma viagem de navio, os segredos não duram muito tempo.

Isaac e Le Goff fizeram um instante de silêncio, olhando ao redor do apertado dormitório, como se alguém os escutasse por trás das paredes.

A partir daquele momento, baixaram o volume da voz. Não queriam ser ouvidos novamente. Precisavam rever seus planos e encontrar uma nova estratégia para confrontar Antônio.

– Isso justifica você ter contado para ela? – redarguiu Isaac.

– Poderia ter nos consultado antes, Gina – disse Le Goff, pensativo.

– Era uma possibilidade, mas tudo aconteceu muito rápido. Letícia chegou e foi direto ao assunto. Ela não ficou agindo como criança, fazendo rodeios ou jogando indiretas.

Isaac e Le Goff entenderam a ironia das palavras de Gail ao repetir o comentário sobre atitudes infantis.

– Ela foi extremamente sincera, e, como eu já disse, senti confiança nela.

– Então, Tom já deve saber sobre seu Objeto de Poder – concluiu Isaac.

– Não acredito – retrucou a garota. – Vocês deveriam conversar olhando nos olhos das pessoas. É possível saber quando estão mentindo ou falando a verdade. Ela me encorajou a ter uma conversa com Tom. Isso foi bastante honroso da parte dela.

Le Goff não se sentia à vontade ouvindo Gail falar daquela maneira. Então, se a garota pedia sinceridade no falar, era dessa forma que ele estava disposto a agir de agora em diante.

– Gina – a filha de Bátor se virava para sair do cômodo quando retornou ao ouvir o anão chamá-la. – Você está apaixonada por Antônio?

Ela segurou o riso, mas não conseguiu disfarçar que ficara surpresa com a pergunta. Isaac encarou o anão, igualmente surpreso.

– Eu me sinto muito bem com tudo o que ele diz, com as canções que ele canta. E ele demonstra segurança e convicção nas coisas em que crê. Isso é tudo o que uma garota deseja encontrar, não acha?

– O coração funciona à base de emoções, e elas mudam centenas de vezes em um único dia – respondeu o anão. – Você deveria ter cautela. Tom é um bardo, um artista. O que ele sabe fazer de melhor é provocar emoções nas pessoas. E, como eu disse, o coração funciona à base de emoções.

Gail olhou rapidamente para Isaac e, voltando-se para Le Goff, disse:

– Pelo menos ele consegue provocar boas emoções em meu coração.

Gail deixou o aposento, mas não se sentia feliz com a resposta que dera aos amigos.

"Eles estão com ciúmes", disse baixinho para si mesma.

Caminhou cinco passos pelo corredor estreito e se deparou com a porta do quarto de Antônio aberta. Não havia ninguém lá.

Gail olhou para trás e percebeu que seus amigos haviam permanecido no quarto deles. Certamente, avaliavam a conversa desastrosa que haviam acabado de ter. Lembrou-se de Letícia, da sinceridade e, até certo ponto, do amor que encontrara ao conversar com ela.

Pensou em como Antônio era divertido e a fazia sentir-se bem, exatamente conforme dissera a Isaac e Le Goff. Mas e se seus velhos amigos estivessem certos? E se o passado de Antônio ocultasse algo terrível?

Bátor tomou conta dos pensamentos de Gail. Seu pai a ensinara a ser prudente e a agir com inteligência em se tratando de pessoas estranhas, por mais brilhantes e legais que elas pudessem parecer.

Gail estava confusa. A voz de Antônio cantando no templo, depois no barco, junto com os marinheiros, era encantadora. Mas seria suficiente para fazê-la confiar nele?

Com um turbilhão de ideias e dúvidas pairando na mente, Gail decidiu dar uma olhada no quarto de Tom.

O único som presente naquele andar do navio era o ruído fervilhante das vagas batendo no costado da embarcação. Ela teve a impressão de estar sozinha, embora soubesse que Isaac e Le Goff ainda se encontravam em seus aposentos, no mesmo andar.

Gail deu um passo para dentro e começou a analisar o camarote do cantor.

O dormitório era tão pequeno quanto o dela e estava vazio. Uma rede de dormir pendia retraída num canto. Um armário tinha duas gavetas e uma pequena porta de puxar. As roupas e pertences pessoais de Tom deveriam estar guardados nelas. Não havia escotilha nem janela.

A limpeza do ambiente chamou a atenção de Gail. Antônio era zeloso e parecia gostar de organização. Seus instrumentos musicais estavam presos por cordas em uma das paredes do quarto, para que não caíssem com o movimento das ondas: um alaúde, uma charamela, sua flauta transversal e um tambor. Ele levara todos para a viagem, como se estivesse decidido a não voltar mais para Parveen.

Curiosa e indelicada, Gail tirou a trava de uma das gavetas e a abriu, puxando-a para si. Um livro grosso com capa de couro e encadernação sofisticada se revelou.

Imediatamente ela se recordou da conversa que tivera com o maestro nos primeiros dias depois de zarparem. Ela estava diante do *Diário do Anjo*. Seus dedos tremeram quando o tocaram. Havia algo de fascinante nele, como se possuísse alma.

Gail abriu a capa e virou uma ou duas páginas. Elas estavam muito gastas e demasiado envelhecidas. Era praticamente impossível entender o que estava escrito na maior parte das folhas. Poucas frases estavam em um idioma conhecido pela garota.

Ainda nas páginas iniciais, ela viu um desenho que lhe chamou a atenção – figuras geométricas idênticas aos Dados de Euclides estavam desenhadas. Na página seguinte, os Braceletes de Ischa (que agora pertenciam a Arnie). Na próxima folha, surpresa: a Roda da Fortuna.

Nas páginas com os desenhos dos Objetos havia um pequeno texto em idioma compreensível, uma espécie de legenda abaixo de cada imagem, seguido de outros textos em outros idiomas. As manchas causadas pelo tempo e os buracos feitos por traças, aqui e acolá, dificultavam ao leitor o acesso a partes do que estava escrito. Mas Gail ficara tão atordoada e confusa com o que via que só percebeu as legendas quando virou a folha e encontrou o desenho da Dobra de Ouro.

A ilustração era magnífica e assustadora como as demais. Na legenda da ampulheta, lia-se:

> *Pare o tempo*
> *Prossiga, de graça*
> *alcançará seu destino*

Gail pronunciou o texto como quem lê um feitiço.

– O que você está fazendo aqui?

Ela reconheceu a voz que vinha por trás. Virou-se e deu de cara com Antônio.

– Não deveria estar mexendo sem permissão nas minhas coisas – censurou o bardo.

O medo que a censura causou em Gail se dissipou quando ela e Tom ouviram o som de passos no corredor.

Isaac e Le Goff surgiram em frente à porta do quarto de Antônio.

Houve um instante de completa confusão. Gail não sabia se deveria se desculpar pela intromissão. Antônio se sentiu incomodado por chamar a atenção da garota na frente dos amigos dela, enquanto Isaac e o anão se perguntavam o que Gail estaria fazendo no quarto de Tom.

– Precisamos conversar, Tom! – disse Isaac com a firmeza de um general.

Minutos após o confuso encontro, os três jovens e o anão se reuniam com Letícia no tombadilho.

O capitão Martinho, que seguia para o timão, passou pelo grupo e disse, sorrindo:

– Que bom que estão se dando bem, crianças! Devemos chegar à Ilha das Baleias antes do anoitecer.

O grupo devolveu o sorriso ao capitão, fingindo tranquilidade, quando, na verdade, parecia um barril de pólvora prestes a explodir.

– Sou eu que tenho perguntas a fazer para vocês – iniciou Tom.

Isaac não se surpreendeu com a arrogância demonstrada pelo bardo ao iniciar a conversa.

Letícia, que os encontrara já no deque, estava curiosa. Raramente eles ficavam todos juntos como estavam naquele momento. Ela recebeu um olhar de Gail e deduziu que se tratava do segredo sobre o qual haviam conversado.

– Acredito que Gina tenha contado para vocês o que aconteceu no templo durante a celebração.

Antônio estudou o rosto de cada um. E foi ao olhar no fundo dos olhos de Letícia que ele mais se decepcionou.

– Você também já sabe? Ela provavelmente lhe contou, e você nem sequer me disse?

– Perdoe-me, Tom! – implorou a garota. – Bem, eu a ouvi conversando com Felipe certa noite. Então, procurei...

– Como estou decepcionado com você, Letícia! Pensei que fôssemos amigos, e amigos não guardam segredos um do outro.

Isaac e Le Goff bufaram ao ouvir o bardo chamar a atenção da garota. Viram Letícia segurar as lágrimas ao se sentir culpada. Não era justo o modo como Tom a tratava, fazendo-a sentir-se mal.

– Ela não tem culpa de nada, Tom – defendeu Gail. – Você precisa nos ouvir.

– Sim. Nós sabemos que você fez o tempo parar – disse Isaac, indo direto ao assunto –, e o que lhe permitiu fazer isso foi um Objeto de Poder, a ampulheta do maestro Liutprand.

– Eu estava lá. Sei exatamente o que houve – rebateu o bardo. – Mas por que isso aconteceu comigo? Por que somente comigo? Eu já vi vários cantores e musicistas girarem a ampulheta para o maestro, até mesmo você, Letícia, e nada aconteceu. Mas o que eu não entendo, e ainda não procurei saber, é por que Gina também não ficou congelada quando tudo parou.

– Se é uma explicação que você quer, Antônio Feroz, serei direto – interrompeu Le Goff. – Nós possuímos Objetos de Poder e acreditamos que foi por isso que, quando tudo ocorreu, não ficamos presos na malha temporal.

O bardo ficou quieto. Contemplativo. Abismado.

– Vocês o quê? Eu pensei que fosse apenas ela – comentou Letícia, surpresa.

Antônio pareceu ainda mais indignado quando Letícia disse ter conhecimento sobre o Objeto de Poder de Gail.

– Cada um de nós encontrou um determinado Objeto – explicou Isaac.

– Somos Possuidores de Objetos de Poder e acreditamos que você seja o último de nós – completou Gail.

– Não podíamos contar. Nem sabemos ainda se estamos fazendo a coisa certa – resmungou Le Goff.

Antônio balançou a cabeça de um lado para outro e ficou de costas para o grupo, olhando pensativo para o soalho.

– Que Objetos vocês possuem? – perguntou o bardo, voltando-se para eles como se em momento algum tivesse ficado surpreso.

Gail se sentiu aliviada ao ver que o humor de Antônio havia mudado. Ela esperava que ele ficasse ainda mais nervoso e explodisse. Mas, de repente, era quase possível ver um sorriso no rosto do bardo. Isaac se sentiu confuso com a mudança brusca de atitude. Mas já sabiam que podiam esperar aquele tipo de reação estranha de Tom.

– Então você não está mais chateado? – perguntou Letícia.

– Você ouviu o que eles disseram? Seu pai daria a vida dele por este momento. Enquanto muitos em Enigma zombavam das histórias dos Objetos, dizendo que eram lendas e pura fantasia, seu pai sempre acreditou nelas.

– Por favor, ele não pode saber. Não ainda – orientou Isaac.

– Por que não? Se o que vocês estão dizendo é verdade...

Isaac tirou os dados do alforje e espalhou-os na palma da mão, diante dos olhos de Antônio.

Houve suspiros e olhares coruscantes por causa daquela visão.

– Os Dados de Euclides! Eles lhe permitem mesmo ver o futuro? – perguntou Tom, beirando a euforia.

Gail se divertiu. Le Goff demonstrava preocupação. Letícia estava deslumbrada.

– Não é bem assim que as coisas acontecem – explicou Isaac. – Os dados me mostram possibilidades, probabilidades.

Gail sacou o Cubo de Random, deixando o bardo ainda mais alegre e interessado ao vê-lo.

Antônio sorria tanto que conseguiu contagiar Isaac.

Foram interrompidos novamente pelo capitão, que retornava do timão, dessa vez gritando com um subordinado.

– Eu pago a vocês para fazerem um bom trabalho. O que está acontecendo neste navio? – Então ele apontou para Isaac. – Este garoto nunca havia pisado em uma embarcação e é capaz de fazer um serviço melhor do que o de três de vocês juntos.

Le Goff olhou para o timoneiro e demais marinheiros que ouviam a bronca. Ele sabia do que se tratava. Havia previsto que, mais cedo ou mais tarde, o capitão Martinho descobriria que as coordenadas do navio tinham sido alteradas.

A confusão entre a tripulação se dissipou assim que o capitão desceu para o andar dos camarotes.

— E qual é o seu Objeto de Poder, Branquelo? — perguntou Tom, retomando a conversa.

O anão o encarou.

— O Pergaminho do Mar Morto — respondeu Le Goff secamente.

Antônio e Letícia esperaram para ver o Objeto, mas o albino não o retirou de seu bolso.

Isaac percebeu que um novo desentendimento iria se iniciar se deixasse Le Goff falar.

— Você sabe o que o Pergaminho é capaz de fazer, Tom? — A pergunta de Isaac fez com que o casal desviasse o olhar de Le Goff.

— Segundo as escrituras, ele permite a um mortal viajar ao passado.

— Quando vocês acham que poderemos contar para o papai?

— Primeiro precisamos entender por que a ampulheta só funciona com Tom — respondeu Gail, preocupada com a pergunta de Letícia.

— Eu já disse que não sei! Não sei por que fiz o tempo parar — defendeu-se Tom.

— Mas o certo é que existe um motivo. Talvez seja algo que aconteceu há muito tempo em sua vida — inferiu o anão.

Antônio pareceu não gostar da hipótese de Le Goff.

— Talvez devêssemos contar para o maestro Liutprand. Ele é profundo conhecedor dos Objetos de Poder e saberá decifrar esse enigma — sugeriu outra vez Tom, deixando Letícia novamente animada.

— Não! — repetiu Isaac. — Eu disse que não vamos contar ainda.

— Gina? — Antônio olhou para Gail como que implorando para saber o que ela achava de tudo aquilo.

— Não é ela quem decide, Tom! — interrompeu o matemático.

Gail parecia impassível.

– Ela está ou não com vocês? – perguntou o bardo. – A opinião dela conta ou não?

– Felipe está no comando – explicou o anão.

– Então, quer dizer que é você que decide por todos? – perguntou Antônio em tom de sátira, voltando-se para Isaac. – Não podemos sequer fazer uma votação? A vontade de Gina tem de ter algum valor. E, agora, até mesmo a opinião de Letícia e a minha. Estamos envolvidos nisso.

O sangue ferveu nas veias de Le Goff, que rapidamente compreendeu aonde Antônio tentava chegar: colocar Gail contra Isaac.

– Ou será que ela está sendo excluída por ser uma mulher? Não estamos no exército de Enigma, em que somente homens podem comandar as tropas. A palavra final não pode ser apenas a sua.

– Cale a boca, Antônio! O que você está dizendo não faz o menor sentido – interveio Le Goff.

– Não pedi para ser o líder desta missão. Fui designado para isso – explicou-se Isaac.

– Que ótimo! Vocês estão em uma missão! Devem estar mentindo desde que tudo começou. Que nobre jornada vocês estão trilhando... – zombou o bardo.

Gail e Letícia se entreolharam. Não imaginavam que a conversa poderia chegar àquele ponto.

– Pensamos que você fosse gostar de ser informado de que é um Possuidor – disse Gail.

– Estou mais preocupado em fazer as coisas da forma correta, Gina. De que adianta eu ser um escolhido, mas ter de mentir para cumprir uma missão? Vocês estão enganando todo mundo neste navio e me pedem para confiar em vocês? Seja racional por um instante. Eles nem sequer querem reconsiderar seu ponto de vista. Apenas porque você é uma mulher. Como eu posso pactuar com isso?

Gail pensou em se defender dizendo que Antônio havia entendido tudo errado, mas foi interrompida pelo anão:

– Você ficou maluco? De onde tirou essas sandices? Gina é nossa melhor amiga, mas existe ordem em nosso grupo. Não se trata de deixarmos a opinião dela de lado.

– Está aí! Percebe, Gina? O anão precisa responder por você. Por que a trouxeram junto com eles se não a deixam sequer falar ou se defender sozinha? – contra-atacou Tom.

Os gritos em meio à discussão começaram a chamar a atenção da tripulação.

– O que deu em você, Tom? – perguntou Isaac, tentando ser amigável e baixando o tom de voz.

– Pronto! – suspirou indignado o anão. – Eu desejando que o último Possuidor fosse um Arnie, e ganhamos um Pedro bem piorado.

– Pare, Le Goff! Isso não ajuda em nada – pediu Gail, sem perceber que chamara o anão por seu nome verdadeiro. Contudo, isso pareceu não ter importância; afinal, todos o conheciam como Branquelo, o que estava na cara tratar-se de um apelido.

– Tom – pediu Isaac –, acreditamos que você seja o sétimo Possuidor. Vamos parar com essas intrigas? Precisamos entender o que aconteceu no templo, qual a sua relação com a ampulheta. Você precisa nos contar tudo sobre seu passado. Deve haver algo que ocorreu por lá que nos explique esse fenômeno.

– Meu passado? Não é assim que as coisas funcionam, Felipe. Eu acabei de descobrir que meu pai não era meu pai. Isso está bom para vocês? E ele morreu antes que eu pudesse lhe pedir desculpas pelo garoto ingrato que fui. O que mais eu poderia falar sobre meu passado se nem mesmo eu o conheço?

Todos ficaram em silêncio. Antônio tinha razão.

– Você precisou saber sobre seu passado quando encontrou os Dados de Euclides, Felipe? Como sua mãe realmente morreu? Seu pai é realmente quem o gerou?

– O que você disse? – indagou Isaac com fúria. – Quem lhe disse que minha mãe morreu?

Isaac voltou a se alterar.

– Você chega a ser odioso, Tom – esbravejou o matemático.

Gail segurou o braço do amigo para que ele não avançasse sobre o bardo.

– Eu não estava falando de você, Felipe – explicou Tom, quase rangendo os dentes. – Estava falando sobre mim. Mas, se a carapuça serviu, então você deveria se preocupar em saber mais sobre seu passado do que sobre o meu.

Antônio Feroz não convenceu, mas deixou todos confusos com respeito a quem ele realmente se referia. Parecia ter sido sobre a família de Isaac. Então deu as costas para o grupo, afastando-se para o convés da popa no exato momento em que Liutprand subia a escada para o deque.

– Olá! Vocês estão aí! Todos juntos, que alegria! O dia está maravilhoso, não acham? – cumprimentou o maestro, sem perceber que acabavam de ter uma discussão.

Apenas Letícia e Gail acenaram com gentileza. Le Goff e Isaac afastaram-se para o lado oposto àquele que Tom tinha seguido.

Olharam para trás ao ouvir a voz do capitão.

– Atenção, todos! – gritou Martinho. – Preciso de todos aqui no convés agora.

Um grumete o seguia, tocando fortemente um sino para convocar toda a tripulação.

Le Goff precisou retroceder alguns degraus da escada que subira. Estava interessado em ouvir o pronunciamento do capitão. Isaac, por outro lado, não se importava. Encostado no arco da proa, refletia sobre o que Antônio havia dito no fim da conversa: como sua mãe morrera, de fato? O questionamento levantado por Antônio começou a consumi-lo. Tinha certeza de que aquelas palavras tinham sido proferidas para ele, mas como? Seria impossível Antônio Feroz saber qualquer coisa sobre seu passado.

– Ocorreu um erro grotesco na rota de nossa embarcação. Um absurdo, para não dizer coisa pior. Em meus cinquenta anos de viagens marítimas, jamais deixei algo parecido acontecer. Mas, como capitão deste navio, tenho de assumir que o erro foi meu, por não ter identificado o problema a tempo.

Houve um momento de tensão muda. Ninguém ousava interromper o capitão.

– Nosso timoneiro usou cartas com informações incorretas sobre nosso destino. Era para estarmos chegando à Ilha das Baleias. Mas, infelizmente, mudamos bastante a direção para o sul, por isso gastaremos mais alguns dias de viagem.

O maestro Liutprand entendeu que aquele aviso era principalmente para ele, que deveria desembarcar na ilha citada.

Gail percebeu o terror primeiramente nos olhos de Letícia. Em seguida, investigou o olhar das pessoas à sua volta e constatou que o que o capitão estava dizendo não se referia apenas a um desvio qualquer de rota marítima. Seu entendimento se completou com a explicação que veio a seguir.

– Estamos nos mares do sul da Ilha da Caveira. São águas praticamente desconhecidas, por onde homens sensatos não ousam navegar. Uma região cheia de perigos, cheia de criaturas marinhas grotescas e colossais.

Como um bom líder, o capitão Martinho tentava esconder o medo para não contagiar seus homens, mas não conseguia.

– Já começamos a acertar a rota. Agora nos resta pedir a Moudrost que nos proteja.

A ficha de Isaac demorou a cair, porque ele não estava prestando muita atenção no que o capitão falava. A discussão com Antônio reverberava em sua mente. Apenas quando ele compreendeu que o medo tomara conta dos marujos foi que se aproximou de Le Goff para saber a opinião do anão. Contudo, o albino o surpreendeu revelando:

– Fui eu que mudei as coordenadas do navio.

Isaac estava atônito.

– Como assim? Por que não me avisou, Branquelo?

– Estamos próximos da Ilha da Caveira. É nela que se encontra o promontório que sempre aparece nas visões que tenho quando tento descobrir algo sobre o passado de Antônio Feroz Baamdô. Se existe algo impedindo o Pergaminho de nos mostrar o que é, vamos descobrir viajando de barco até lá.

# TEMPESTADE À VISTA

Liutprand convidou Antônio Feroz para ir a seu aposento. A acomodação era tão ampla quanto a do capitão Martinho, com duas janelas, uma mesa de centro, um longo espelho em uma das paredes, que lhe permitia enxergar-se de corpo inteiro, armários com inúmeras gavetas e um grande baú ao lado da cama.

Desde que haviam descido do convés, sentiam um sacolejo mais forte, promovido pelas ondas, e um vento frio soprar com mais intensidade pelas frestas de madeira.

Havia preocupação no rosto do maestro, por conta das coordenadas alteradas na rota da embarcação.

– Você guardou bem o livro que lhe entreguei?

Antônio confirmou com um aceno de cabeça.

Liutprand abriu uma das portas da mobília vertical. Um brilho celestial atingiu os olhos do bardo. A luz que entrava pela janela foi refletida pela Dobra de Ouro alojada no fundo do armário.

A ampulheta parecia ainda mais fascinante guardada daquela maneira, como se fosse um tesouro escondido.

– Você é especial, Tom – disse Liutprand, voltando-se para o rapaz e segurando-o pelos ombros. Havia certa loucura e medo em seu olhar. – É um descendente direto dos anjos. A música flui através de você e consegue mudar tudo a seu redor como se você fosse um portal do céu. Não desperdice essa dádiva, meu garoto.

Impassível, o bardo ouvia o conselho sem se mover.

– Eu já estive por estas bandas marítimas muito tempo atrás. Não sei como isso foi acontecer, como nosso navio veio parar aqui. Mas tenho medo, Tom. Este é o ponto mais longínquo ao qual os seres humanos já chegaram a leste do Reino de Enigma. As últimas ilhas do Arquipélago das Sete Irmãs são praticamente desconhecidas. Quase nada se sabe sobre elas, porque poucos foram os homens que conseguiram avançar através delas e retornar vivos, sendo que quase todos os que voltaram enlouqueceram. Quando os anjos povoavam nossa terra, estas ilhas eram a sua morada. Contudo, isso ficou perdido no tempo, e as profundezas dessas águas se tornaram habitação de monstros colossais e seres mágicos maléficos, pois não existiam mais anjos para caçá-los, domá-los e deixar as coisas em ordem.

– Estou confuso, maestro. Por que está me dizendo essas coisas terríveis agora?

– Porque tenho medo, Tom. Tenho muito medo. Tenho um sentimento ruim. Por isso, aconteça o que acontecer, quero que você fique com todos os meus Objetos: a Dobra de Ouro, a Forquilha de Haendel, o *Diário do Anjo*, minhas partituras... Você será um maestro muito maior do que eu. Você me entendeu? Se algo acontecer comigo, fique com meus instrumentos de trabalho e zele por eles.

– Por favor, pare com isso! Está me deixando nervoso. Não vai acontecer nada com você. Não vai acontecer nada conosco, Liutprand.

O maestro media suas palavras. Estava indeciso sobre contar tudo o que sabia, e Antônio Feroz percebeu. Que segredos ele guardava que eram capazes de lhe causar tanto medo?

Enquanto isso, no tombadilho, Gail discutia com Isaac e Le Goff.

– Foi rude e bastante deselegante vocês insistirem daquela maneira em saber do passado de Tom – acusou a garota.

– Não acredito que estamos ouvindo isso de você, Gina – censurou Isaac. – Quer Tom goste ou não, quer Letícia se sinta constrangida ou não, estamos no meio de uma perigosa missão e não de férias, à procura de amizades. Precisamos investigar tudo o que possa nos dar uma pista. E foi você mesma que disse: "Sejam adultos, sejam diretos".

– Ser direto não significa ser desumano – rebateu Gail.

– Desde quando querer entender o que se passou com uma pessoa é algo desumano? – perguntou o anão.

– Desde o momento em que fere os sentimentos dela.

– Não me venha com essa, Gail. – Sem perceber, Le Goff a chamou pelo nome verdadeiro. – Ninguém melhor do que eu para saber o que é ter os sentimentos feridos por causa de algo que ocorreu no passado. Eu nasci com um aleijão. Passei a vida inteira ouvindo as pessoas me perguntarem por que minhas asas eram atrofiadas. Eu odiava, é óbvio, mas sabia que teria de conviver com aquilo. Ademais, foi o que me fez crescer e me tornar um anão alado respeitável no meio de meu povo. De certa forma, as pessoas pensam que lhes devemos alguma satisfação. Se não a damos, não precisamos ser necessariamente grossos. Se há uma lição que eu aprendi em toda a nossa jornada, é esta. A superação não se dá onde não há sentimentos feridos. Tom precisa crescer como todos nós crescemos, se essa é a jornada dele.

– Acredito que Branquelo tenha razão – concordou Letícia.

– Letícia, o que você está dizendo? – espantou-se Gail. – Tom é seu maior amigo. Você deveria defendê-lo.

– Posso chamá-la de Gail, não posso? – perguntou a filha do maestro, referindo-se ao nome verdadeiro de Gina. – Tom sempre foi um garoto mimado. Sempre foi o centro das atenções, por ter a voz e o talento que tem. Sim, eu sou amiga dele, e é provável que seja por isso que falhei. As pessoas que o amam não têm coragem de dizer a verdade para ele.

– Existem muitas maneiras de dizer a verdade – justificou-se Gail, ainda incrédula ao ouvir o posicionamento de Letícia.

– Você é linda, e eu gosto muito de tê-la como amiga também, Gail. Mas você não sabe do que está falando. Se você tivesse uma cicatriz no rosto e precisasse lidar com os julgamentos e as atitudes das pessoas, se fosse sincera consigo mesma, tenho certeza de que não desejaria viver na mentira. Enquanto eu via as pessoas fingindo se sentir bem a meu lado, nunca tive paz por causa da deformação da minha pele – disse, apontando para seu rosto. – Eu só a encontrei quando fui confrontada e aceitei que a cicatriz estava ali, à mostra. Era algo que eu não poderia mudar nem obrigar as pessoas a se sentirem à vontade em relação a ela. Seria normal que elas quisessem saber o que a causou, mesmo que isso me incomodasse. Esta é a pessoa que sou, e preciso lidar com isso, sem obrigar alguém a sentir-se bem ou manipular as pessoas para que deixem tudo mais fácil para mim. Acredite, seus amigos têm razão. Tom é exibido, mimado e manipulador, porque nunca ninguém o confrontou com a verdade. Ele não deveria ficar ofendido por quererem saber sobre o passado dele.

A surpresa foi ver Gail dar as costas para o grupo e seguir na direção da escadaria da proa.

– O que foi isso? – perguntou Le Goff. – Ela não está em seu juízo perfeito.

Isaac também ficou abismado ao ver a amiga virar as costas para eles. O que acontecia com Gail?

– Tom é um bardo – explicou Letícia. – Eles são poucos no Reino de Enigma e são talentosos. Por isso, também são vaidosos, cheios de orgulho. Capazes de cativar o coração das pessoas. Antônio Feroz é o melhor de todos os que meu pai já teve a oportunidade de conhecer.

Isaac protestou:

– Gail sabe analisar muito bem situações complexas e tomar boas decisões. Ela é racional e incapaz de se deixar levar por um cantor arrumadinho.

– Não subestime o amor, Isaac. O ponto fraco da razão é acreditar que seja mais forte que a emoção – contrapôs Letícia. – O amor chega sem qualquer pedido, até mesmo sem ser percebido. E simplesmente acontece.

– Confesso que você me surpreendeu – disse o anão à menina. – Você não pode esconder que gosta de Antônio Feroz. Poderia aproveitar para nos jogar contra Gail neste instante, mas não o fez. Ouviu uma conversa particular, dias atrás, mas não criou intrigas, não saiu espalhando a informação para todos no navio. Pelo contrário, procurou nossa amiga e teve uma conversa cordial e sincera com ela. A cada instante você se mostra mais admirável, Letícia.

Pela primeira vez, Le Goff a encarou e investigou cada detalhe da cicatriz em seu rosto. Ela não se sentiu constrangida nem lançou um olhar altivo para ele. Permaneceu ali, apenas aguardando que ele a observasse.

Gail permanecia contemplativa no alto da proa, olhando o mar.

O céu escurecia, porém, não por causa do cair da noite. Ainda era cedo. Uma tempestade em breve alcançaria o navio.

O capitão Martinho caminhou a passos largos do traquete à mezena, gritando ordens para seus marujos.

– Avançamos demais para o sul. Não poderemos voltar e contornar a Ilha da Caveira. Teremos que passar entre ela e a Ilha Solitária.

Letícia se agitou ao ouvir a ordem do capitão. Olhou para o horizonte à frente e também avistou a tempestade se aproximando.

– Preciso avisar meu pai! – exclamou, aflita, antes de desaparecer descendo a escada para o andar dos dormitórios.

Isaac ficou confuso ao ver Letícia sair desatinada.

Le Goff compreendeu a preocupação de Martinho.

– Você nunca ouviu falar do Arquipélago das Sete Irmãs? Há muito tempo ele era a morada dos anjos, que começaram a ser considerados deuses por muitos povos de Enigma. Quando deixaram nosso reino, esta região se tornou ainda mais perigosa, com suas gigantescas serpentes marinhas, as aves colossais que habitam os montes das ilhas e outros seres encantados que proliferaram aqui. Por isso, apenas três das sete ilhas permaneceram habitadas. Via de regra, quem se aventura a navegar para as mais distantes dificilmente retorna.

– E você mudou a rota do navio para essa direção? – acusou Isaac, quase sussurrando.

– "Estamos no meio de uma perigosa missão e não de férias, à procura de amizades" – respondeu o anão, curvando uma das sobrancelhas. – Foi você mesmo que disse isso. Não existe aventura sem perigo, meu caro Isaac Samus! Precisamos terminar o que começamos, mesmo que as consequências não sejam as melhores para todos nós.

Isaac não podia rebater o que Le Goff dissera. O anão estava certo, e isso colocava tudo em perspectiva.

O tumulto das discussões arrefeceu enquanto Isaac e Le Goff observavam a tempestade ao longe. Estavam cansados do mar. Tinham obtido menos respostas do que esperavam.

Isaac contemplou seu amigo anão.

– Preciso lhe pedir um favor, Le.

Le Goff teve vontade de rir ao ouvir isso.

– Um favor? Acho que somos os únicos verdadeiros amigos nesta expedição, Isaac. Mantivemos o desejo de Bátor até aqui. Você sempre é bem-vindo, e o que eu puder fazer por você eu farei.

– Empreste-me o Pergaminho.

A fisionomia de Le Goff mudou bruscamente. Ele repensou o que acabara de dizer para Isaac – sem contar que tinha ciúmes extremos de seu Objeto de Poder; por isso, não fez nada, nem respondeu, apenas esperou.

– Eu preciso fazer algo, saber algo. Preciso que o Pergaminho me responda.

Isaac terminou de falar, e não houve qualquer movimento em resposta. Le Goff precisava saber mais a respeito do negócio de Isaac. O albino o olhava com suspeita.

– Eu preciso saber o que houve com minha mãe.

Com os olhos arregalados, Le Goff sentiu mais náusea ao ouvir aquilo do que com o balanço do navio que aumentava cada vez mais enquanto a embarcação singrava o agitado oceano.

– Você o quê?

– Quero visitar o instante exato do meu nascimento – disse Isaac.

– Não acredito! Acabamos de ter uma discussão com nossa melhor amiga e um bardo vaidoso, nosso barco está prestes a atravessar uma tempestade em alto-mar e você, de repente, está preocupado com o dia do seu nascimento?

Sem saber o que dizer ao anão, Isaac implorou:

– Por favor, Le! Isso não vai durar um piscar de olhos. Em um segundo estarei de volta, e será como se eu nunca tivesse saído de seu lado – insistiu.

– Foi você mesmo, no castelo, em Corema, que falou que as viagens no tempo precisavam acabar, Isaac.

Le Goff desconfiava de algo.

— Você quer fazer isso por causa do que Antônio lhe disse há pouco.

O silêncio respondeu por Isaac.

— Ah! Como é possível? O bardozinho apenas sussurrou uma ideia em sua mente e foi capaz de fazê-lo se mover.

Le Goff disse isso sem saber que, pouco tempo depois, seria ele próprio que procederia da mesma maneira, enfeitiçado pelas sugestões de Tom.

— Talvez você esteja certo, Le. Mas eu não posso deixar passar este momento.

A resposta de cada um vinha após um longo período de reflexão do outro.

— Estamos juntos há muito tempo nesta jornada, e você nunca quis saber de seu passado. Pediu-me o Pergaminho para conhecer Euclides, o grande matemático, e nunca se importou em saber sobre sua mãe. Não me entenda mal, mas podemos ver isso outra hora.

— Você está certo. Ele conseguiu me fazer mover com apenas uma ideia sussurrada em minha mente, mas não vejo mal algum nisso. Como lhe disse, não vai demorar um segundo. Estamos numa viagem de barco longe da rota em que deveríamos estar. Tempo é o que temos de sobra.

Le Goff ainda não tinha decidido emprestar seu Objeto de Poder para Isaac.

— Existem muitas boas histórias de ninar contadas para as crianças aladas. Lili mesmo disse que estava compilando uma coletânea com um punhado delas. Lembro-me de uma em que um feliz e próspero anão teve a possibilidade de viajar no tempo e decidiu saber sua origem, seu passado.

Isaac nunca tinha ouvido tal história e chegou a pensar que Le Goff estivesse mentindo.

— Ao descobrir como ele nasceu, nunca mais foi o mesmo. Começou a tomar decisões equivocadas e terminou a vida em desgraça.

– Por Mou! Quanto exagero! Eu não sou esse anão. Nem sequer conheço tal história, Le. Nunca tive a oportunidade de conhecer minha mãe. É um direito meu, não acha? Meu pai me disse que ela morreu durante o parto, no dia em que eu nasci. Não vejo problema algum em querer ver o rosto dela.

– Muitas confusões e desastres começam com a frase "é um direito meu" – respondeu Le Goff.

Isaac estava irredutível em relação à viagem no tempo.

– Eu ia dizer que eu mesmo poderia viajar até lá ou consultar o Pergaminho e depois contar tudo para você. Mas vejo que quer ver com seus próprios olhos – disse Le Goff.

– Por favor!

– Pensamos que conhecer o passado sempre nos fará construir pontes no presente, mas isso só ocorre se soubermos interpretá-lo corretamente, meu amigo. Seja o que for que você encontrar, não deixe que a amargura e a revolta direcionem suas decisões quando retornar – respondeu por fim o anão, retirando o Pergaminho do bolso e estendendo-o na direção do amigo.

– Obrigado, Le.

Ao tocar no Objeto de Poder, Isaac sentiu a energia lhe percorrer o corpo. Ele também possuía os Dados de Euclides, já vivera aquela experiência antes, por isso sabia que seria capaz de interagir com as pessoas do passado. Precisava tomar muito cuidado e acreditava estar preparado para o que encontraria.

Com o Pergaminho nas mãos, Isaac apenas desejou ver seu nascimento. Então, subitamente, o navio, o oceano, até mesmo Le Goff se desfizeram repentinamente diante de seus olhos. O dia se tornara noite. Um frio congelante o atingiu com a força do vento que soprava sobre o *Cachalote*. Contudo, ele não estava mais em alto-mar, e sim numa charneca.

# PARTE IV

# NASCE ISAAC SAMUS

A vila estava movimentada. Fora construída no alto de um morro, em um terreno de solo seco, árido e frio. O sol se punha no horizonte abaixo.

Isaac reconheceu a região. Estava em Ignor. Não muito longe de Finn, sua cidade. Achou estranho, pois desejava ver seu nascimento. Por que o Pergaminho o levara até ali?

Havia ruído de pessoas fazendo comércio nas ruas abaixo. Um mercador passou por ele com seu burro de carga. As panelas de metal e outros utensílios, que se chocavam por causa do vagaroso e sofrível galope do animal, quebravam o silêncio.

O garoto olhou para a estrada deserta acima, de onde o mercador viera. O morro subia indefinidamente, coberto por mato alto e muita poeira da estrada de terra. Isaac teve certeza de que sabia onde estava.

Aquela era a primeira vila de Ignor quando se ultrapassava a fronteira entre os reinos. Já a avistara antes, lá de cima, com seu pai.

A lembrança completa veio à sua mente. Ele era muito pequeno e algumas vezes percorrera quilômetros em declive, com o clérigo Samus, para chegar àquela região.

Desciam das montanhas que faziam fronteira entre Enigma e Ignor, por um caminho oculto no meio das pedras. Sorrateiros. Mas somente então Isaac podia entender plenamente o que havia logo abaixo: uma enorme vila. Ele e seu pai não podiam ser vistos, porque os dois povos eram inimigos inconciliáveis. E sempre se perguntava por que faziam aquilo – descer para observar a vila de longe, escondidos.

Quando o mercador já se encontrava à distância e o barulho metálico do sacolejar das quinquilharias que seu animal carregava diminuiu, Isaac pôde ouvir um grito.

Primeiramente, ele levou um baita susto. Depois se voltou para o lado, procurando de onde viera aquele som de agonia. Seus olhos encontraram uma luz fraca tremeluzindo pelas frestas da janela de uma das casas à sua volta.

Outro grito ecoou, assustando-o novamente. Teve certeza de que vinha da casa que observara.

Apertou o Pergaminho na mão direita. As questões levantadas por Le Goff lhe assaltaram a mente. Pensou se não seria melhor voltar para seu tempo e esquecer a jornada ao passado.

Os gritos não lhe permitiram retroceder, causando-lhe curiosidade, e foram aumentando, ficando cada vez mais alarmantes e frequentes.

Quatro passos à frente, Isaac se encontrou em frente à janela fechada da casa. Curvou-se e colocou o olho esquerdo diante de uma das fendas na madeira. O Pergaminho liberara seu poder. Isaac via sua mãe dar à luz.

Duas mulheres com lenços vermelhos na cabeça e trajando aventais idênticos estavam no aposento.

Elas se afastaram da mulher grávida e, por um instante, Isaac pensou que fossem abrir a janela atrás da qual ele se escondia, pois caminharam na direção dele.

O garoto se afastou, virando-se rápido e colando as costas na parede externa da casa para se ocultar. Pensou que a janela seria aberta, mas não foi.

Então, Isaac voltou a olhar pela fresta e viu que as duas parteiras conversavam longe de sua mãe.

– A criança vai nascer agora, Madalena – disse uma delas, a mais nova e baixinha.

– Eu sei no que você está pensando.

– Na criança, claro.

– Na criança que você queria que fosse sua. Eu a conheço, Leila.

Trocaram um olhar de cumplicidade.

– Você diz isso porque é velha e tem sete filhos.

– Seis. Carniça morreu. Você sabe – corrigiu Madalena.

Laila, a jovem parteira, olhou para a companheira e desabafou.

– Maldito seja Moudrost, que não abriu meu ventre.

– Melhor que seja assim. Não foi à toa que decretaram a Lei do Filho Único. O povo cresceu demais, agora não temos trigo para alimentar todo mundo. Eles até a pagariam por não ter tido uma criança – respondeu Madalena com um sorriso.

Em todos os partos, Leila e Madalena conversavam sobre os problemas que o Império de Ignor sofria devido à superpopulação. Todas as vezes em que elas falavam sobre a crise em Ignor, Leila tinha a impressão de que Madalena sentia prazer em saber que sua companheira de trabalho não conseguira engravidar.

Os gritos da mãe de Isaac se avolumaram, interrompendo a conversa particular das parteiras. Leila correu até uma bacia com água e lavou as mãos. Madalena estendeu um manto sob as pernas abertas da mulher que gemia de dor.

Do lado de fora da casa, Isaac sentia agonia ao ver a cena. Era a primeira vez que ele assistia a um parto. Ironicamente, o parto de sua mãe, trazendo-o à luz.

Isaac ouviu passos vindos da rua abaixo, por isso precisou se esconder na lateral da casa. Havia um barranco entre ele e a parede de alvenaria.

Descobriu uma nova fresta de onde podia continuar acompanhando tudo sem correr o risco de ser visto por algum transeunte.

Ele ouviu o som dos passos aumentar e, de repente, cessar. Em seguida, o som de alguém batendo na porta da casa.

Madalena atendeu.

– Mandaram chamar um soldado? – perguntou um jovem trajando um uniforme militar.

– Sim. Agora é lei, não é? – disse Madalena, com desdém.

– Leila está com você?

Madalena colocou um sorriso irônico no rosto. Sabia que sua colega flertava com o jovem soldado.

– Sim, está. Não se preocupe, que será um parto muito rápido.

Madalena olhou o rapaz de cima a baixo e completou:

– Acho desnecessária sua vigia. Sabemos fazer nosso trabalho.

– Estou apenas cumprindo ordens – disse o soldado, ignorando o desprezo da parteira e posicionando-se de forma marcial na entrada da casa, enquanto a porta se fechava diante de si.

Isaac estava confuso. Não compreendera a presença de um militar de Ignor para vigiar o parto, pois não sabia da Lei do Filho Único. Nenhuma família em Ignor poderia ter mais que um filho, devido ao crescimento desordenado da população, que causava falta de alimentos. Então, quando uma mulher fosse dar à luz, um soldado era convocado a ficar de guarda em sua casa e garantir que não mais que uma criança nascesse.

Vários minutos se seguiram de muita agonia para Isaac. Sua mãe gemia e gritava, puxava o ar para os pulmões, ao comando de Madalena, e expirava com exaustão em seguida.

Leila foi quem segurou a cabeça do bebê quando ele começou a sair. Puxou com jeito e terminou de tirar a criança da barriga de sua mãe. Um jato de sangue e outras substâncias placentárias riscou o chão.

– Ora... um lindo garotinho! – disse Madalena para Deltora, pegando a criança das mãos de Leila, que terminava de cortar o cordão umbilical.

Deltora abriu um sorriso, mas ainda não conseguia parar de sentir dor.

Os olhos de Isaac se encheram de lágrimas. O bebê era lindo e não chorou, como as pessoas costumavam lhe dizer que acontecia.

Inesperadamente, Deltora voltou a gritar, chegando a incomodar até mesmo o soldado que ficara de vigia na porta da habitação.

Madalena enrolou a criança em um fino cobertor e tentou levá-la para os braços de sua mãe, porém não conseguiu. Deltora se debatia e tentava se agarrar a tudo que encontrasse ao redor, ainda com as pernas abertas.

A criança foi colocada em um pequeno berço preparado para recebê-la. Então Madalena correu para acudir a mãe. Leila estava confusa. Não podia acreditar no que acontecia.

– Temos mais de uma criança – sussurrou Madalena, como se Leila ainda não tivesse percebido.

O olhar que as duas parteiras trocaram não foi mais tenso que o de Deltora para elas. A mãe de Isaac conhecia a nova Lei. Desde que fora promulgada, as parteiras vinham promovendo um verdadeiro infanticídio – coisas tão terríveis que não são agradáveis de narrar nesta história.

– Meus filhos! – sussurrou Deltora em voz arquejante, compreendendo que outra criança começava a sair de seu ventre. – Por favor, não matem nenhum de meus filhos. Por... favor...

A súplica não pareceu fazer efeito. Madalena já tinha sua meia dúzia de filhos e aprendera desde pequena a cumprir ordens do governo de Ignor. Caminhou em silêncio até o outro lado da sala e abriu uma bolsa, à procura de seu punhal. Acostumara-se a não ter misericórdia.

O bebê que estava no berço não chorava. Aquecido, adormecera, mesmo com os gritos de sua mãe clamando por socorro.

Isaac se remexeu quando percebeu o que estava para acontecer. Mas sabia que nada podia fazer. Estava chocado, paralisado. Seu pai nunca lhe contara detalhes de seu nascimento. Nem sequer sabia que outra criança fora gerada junto com ele no ventre de sua mãe. Agora estava prestes a assistir àquela morte prematura.

Deltora continuava a implorar para que as parteiras não cumprissem a lei e tivessem misericórdia, mas nada parecia afetar a maldade no coração de Madalena.

– É para seu próprio bem, Deltora. Ignor não comporta mais famílias grandes. Precisamos ser fiéis a nosso imperador, a nosso povo, a nossas leis.

O punhal reluziu à luz da lanterna que clareava o ambiente. A lâmina fria e prateada foi erguida sem hesitação, enquanto Deltora arregalava os olhos de pavor indescritível.

Inesperadamente, Madalena tombou, a poucos passos de cometer o infanticídio.

Leila lhe acertara a cabeça com um vaso de barro que se desfez em pedaços.

– Oh, obrigada... – sussurrou Deltora com a pouca força que lhe restava. – Obrigada! Por favor, ajude-me!

Leila não disse nada. Apressou-se a tirar a segunda criança do ventre da mãe de Isaac. Ao contrário do primeiro, o recém-nascido pôs-se a chorar. Ela o enrolou em trapos que estavam num canto.

– Por favor... – clamou Deltora ao perceber o que ocorria. – Não faça isso.

– Sinto muito – respondeu Leila.

Nesse instante, o primeiro bebê começou a chorar no berço.

O soldado abriu a porta e encontrou sangue por todo lado no aposento. Fitou Madalena desmaiada no chão e Leila segurando uma segunda criança.

– Ele será nosso, meu amor – disse a parteira ao soldado, em total cumplicidade.

Deltora começou a se arrastar na direção do berço, sem forças e sangrando muito.

– Fuja de Ignor, ou você e seu marido serão acusados de terem matado uma parteira – sugeriu Leila.

Então o soldado arrancou a espada da cintura e cravou-a no peito de Madalena.

O casal saiu da casa carregando o irmão gêmeo de Isaac, enquanto Deltora continuava no chão, gemendo de dor, com a mão estendida na direção de seu bebê, como que tentando alcançá-lo.

Isaac começou a chorar do lado de fora da casa. Estava enojado, cheio de ódio. Não conseguia pensar no que fazer. Assistia à sua mãe morrer arrastando-se em direção a ele, no berço, sem poder fazer nada.

O problema com as viagens ao passado é que elas induzem os viajantes a interferirem na história. Contudo, Isaac sabia que não deveria interferir, caso contrário, até mesmo ele poderia ser banido daquele futuro em que se encontrava, no *Cachalote*, com Gail e Le Goff.

Minutos depois, ele escutou passos de alguém chegando ao quarto onde os crimes haviam sido cometidos. Voltou a colocar os olhos na fresta e ficou hipnotizado. Era seu pai, o clérigo Samus, muito mais jovem e forte.

– Meu amor! O que aconteceu? – perguntou o homem, sobressaltado.

O clérigo analisou a cena, o corpo de Madalena ferido e imóvel, a criança chorando no berço, sua esposa à beira da morte. Abraçou sua mulher e viu que ainda restava um pouco de vida em seu corpo.

Deltora tentou dizer algo, mas sua voz não saiu.

O clérigo, ainda investigando o local, sabendo da lei e como os partos se sucediam após ela ser decretada, encontrou dois cordões umbilicais no chão. Apertou novamente a esposa em seus braços e conseguiu distinguir algumas palavras de sua boca.

– Eram dois… meninos.

Pareceu-lhe que ela somente queria que ele entendesse que haviam tido dois filhos para assim dar seu último suspiro de vida. Deltora morreu ensanguentada nos braços de seu marido, enquanto Isaac chorava no berço, e também do lado de fora da casa.

"Não posso mais ver essas coisas", pensou Isaac Samus.

Ouviu o som de uma cavalaria que se aproximava. Provavelmente, Leila e seu amante já vinham arquitetando aquele plano havia algum tempo. Esperavam apenas a oportunidade de encontrar uma mulher que desse à luz mais de uma criança. Denunciariam Samus por homicídio.

Percebendo o perigo que corria, vendo Madalena morta no chão, o clérigo não teve tempo de velar e enterrar Deltora. Jogou dentro de uma bolsa duas mudas de roupas, um cantil com água e uma vasilha com pão. Pegou seu filho do berço e fugiu morro acima.

A última imagem que o Isaac do futuro viu antes de retornar para o presente foi a de quatro cavaleiros, entre eles o cúmplice de Leila, chegando à porta da casa.

O matemático se concentrou no desejo de retornar para seu tempo, e, de repente, tudo mudou a seu redor. Estava novamente de frente para Le Goff, no tombadilho do navio, olhando para uma nuvem escura e cheia de trovões no horizonte.

Para o ano, não havia se passado um segundo sequer. Assim que Isaac pegou o Pergaminho do Mar Morto de suas mãos, devolveu-o no mesmo instante, assustado, porém.

– Você fez a viagem? – perguntou o albino.

Isaac estava com a respiração ofegante. Não conseguia olhar para Le Goff. Sua mente parecia ter ficado em outra época. Ele suava.

– Ei! Você não vai me dizer o que aconteceu? – insistiu Le Goff.

– Você tinha razão. Foi aterrorizante o que acabei de presenciar.

Le Goff prendeu a respiração.

– Minha mãe não morreu no parto, Le. Ela foi assassinada.

– Por Mou! Eu lhe disse para não brincar com isso, Isaac. O que é do passado precisa ficar no passado.

– Eu entendo por que meu pai nunca me contou a verdade. Ela é demasiadamente assustadora e grotesca. Eu nasci em Ignor, na fronteira com Enigma. Ele queria me poupar dos horrores praticados por aquela gente.

O anão segurou novamente a respiração. Le Goff conhecia muito mais sobre o reino inimigo do que Isaac imaginava, e sabia que as práticas em Ignor, para além da fronteira de Enigma, não eram coisas apropriadas para o ouvido de crianças.

– Le, agora eu entendo por que, quando criança, meu pai sempre descia as montanhas para o outro lado e ficava bisbilhotando a primeira vila.

O anão compreendeu que Isaac falava do local onde ele nascera.

– Descíamos calados, e ele pedia que eu ficasse completamente em silêncio, para não sermos vistos.

– O que vocês procuravam lá? – perguntou o anão.

– A criança que nasceu junto comigo da barriga da minha mãe – respondeu Isaac.

Naquele instante, Antônio Feroz surgiu na escada que vinha das acomodações, acompanhado de Letícia e Liutprand. O maestro e sua filha pareciam apavorados por causa da tempestade que estava cada vez mais perto do navio.

Do alto da proa, Gail lançou um olhar para Isaac e, em seguida, para Tom. Pela primeira vez ela percebeu quanto os dois garotos tinham em comum. Gail teve a sensação de que Isaac e Tom compartilhavam mais semelhanças do que se podia perceber à primeira vista: a altura, a pele clara, o cabelo liso e até mesmo o orgulho.

# LUTA PELA VIDA

Enquanto Isaac, Gail e Le Goff estavam prestes a enfrentar a tempestade e os perigos do mar do Leste, Bátor tentava convencer os comandantes de que sua presença era útil no arraial de guerra.

O paladino fora acomodado em um dos melhores quartos do Forte de Zara – o que, por si só, já incomodara alguns dos chefes do exército. Não foi sem dificuldades que o general Spencer conseguiu apaziguar os ânimos entre Bátor e Dario. Precisou fazê-los dividir a acomodação – técnica muito utilizada quando duas crianças se desentendem. Ainda assim, quando Spencer estava ausente, Bátor e Dario se alfinetavam, sempre tentando provar um para o outro quem estava com a razão.

A janela do quarto já se encontrava aberta, como de costume. Bátor acabara de acordar e, ao se levantar, viu no céu algo incomum. Primeiro pensou se tratar de uma ave gigante, mas logo se certificou: era um anão alado – provavelmente um mensageiro, muito comum em tempos de guerra, embora também indesejado. Mensageiros costumavam significar informações novas sobre o inimigo ou uma nova estratégia enviada pela rainha.

Antes que pudesse imaginar quais motivos teriam feito o anão voar até os confins do Deserto da Desolação, os pensamentos de Bátor foram interrompidos por seu companheiro de quarto.

– Seu nome não estava na lista de convocação.

– Bom dia – respondeu sarcasticamente o paladino. – Sim, eu dormi muito bem, obrigado.

O comandante não respondeu.

– Dario, já conversamos sobre isso – rebateu Bátor, dobrando o lençol que utilizara para se cobrir à noite. Ele não estava disposto a ter a mesma discussão que tinham mantido antes de dormir.

– Eu cresci aprendendo a cumprir ordens.

– Está cumprindo. Foi Spencer, seu superior, que me nomeou como conselheiro e me cedeu um espaço em seu quarto para que eu pudesse me alojar.

O comandante não disse que Spencer estava procedendo de maneira errada. Sabia as consequências com as quais arcaria se acusasse seu chefe de ilegalidade.

Naquele relacionamento conturbado, Bátor era quem parecia tentar apaziguar as coisas, mesmo mantendo o humor e a ironia em certas ocasiões, como sempre fizera com Isaac Samus.

– Em época de guerra, muitas vezes precisamos tomar decisões incomuns. O tempo se torna uma espécie de inimigo. Ou você avança, mesmo sem ter certeza do que fazer, ou pode sofrer prejuízos ainda maiores caso não tivesse agido.

Bátor terminara de arrumar sua cama. Vestia apenas uma calça e avaliava as roupas que tinham arranjado para ele. Pareciam de um jovem soldado, mas lhe serviriam. Ele não ganhara tanto peso assim nos últimos anos.

Dario vestiu uma calça e foi na direção da bacia d'água que estava no canto do quarto. Parou a meia distância quando viu Bátor chegar na frente.

O paladino começou a escovar os dentes. Virou-se e percebeu que o companheiro de quarto faria o mesmo. Abriu os braços e virou a cabeça, deixando a escova pendurada na boca. "Desculpe, cheguei primeiro", era a mensagem que parecia enviar com um ligeiro toque de humor no rosto.

– Você abusa do fato de ser muito querido pela rainha – atacou Dario.

Sem mover sequer uma sobrancelha, Bátor continuou a escovar os dentes, encarando o comandante.

– Quantos anos você tem? – perguntou, cuspindo pasta no soalho, ao remover a escova da boca para falar.

– Isso importa?

– Quase nunca – respondeu Bátor. – Mas às vezes também explica tudo.

O comandante desistiu de esperar o paladino escovar os dentes. Então, sentou-se na cama, calçou as botas e terminou de se vestir.

Dentro de duas horas eles se encontrariam novamente em uma reunião com o general Spencer.

Pela manhã o tempo se mantinha frio com a chegada do outono, mas as terras áridas do deserto cumpriam o papel de absorver o calor e transformar o interior daquela região em um inferno até a tarde. A proximidade com o mar amenizava o clima e trazia umidade às Ruínas de Zara.

Spencer entrou na sala de guerra e observou que todos os comandantes já se encontravam sentados à mesa. Eles se levantaram em respeito à chegada do general e logo se sentaram novamente. Bátor fazia parte do grupo.

– Bom dia, guerreiros – cumprimentou Spencer. – Faremos algumas mudanças na configuração dos batalhões e na estratégia inicial. Um mensageiro chegou esta manhã. Receberemos apoio do exército das Altaneiras.

Ninguém se manifestou, embora alguns comandantes se sentissem incomodados com a notícia.

– O povo de Ignor é extremamente místico. Seguem rituais estranhos e cultuam seres controversos. Acreditam que um novo tempo chegou para eles e que uma nova era começará com a ajuda de deuses primitivos. Falam sobre um ciclo de tempo que está para se encerrar. Estão vindo com toda a força bélica que possuem. Estão confiantes.

Alguns comandantes incrédulos cochicharam entre si.

– Eles dobraram as frotas marítimas que navegam em nossa direção – completou o general.

– Os voadores das Altaneiras são um grande reforço – apoiou Dario.

– Ignor não dispõe de exército aéreo.

– Eu não subestimaria nossos inimigos – censurou Bátor. – Vimos em Corema o que eles foram capazes de fazer. Tenho certeza de que se utilizarão de magia para nos atacar pelo céu.

– Se está falando sobre os gatos alados – rebateu Dario –, foi um decreto da própria rainha que deixou esses animais se multiplicarem dentro dos muros da capital. Mas aqui, no deserto? Raramente encontramos uma raposa, uma víbora ou um coiote. Isso não aconteceria.

Dario cometeu alguns deslizes com sua resposta embasada na raiva que sentia de Bátor. Estava acusando a rainha de não tomar boas decisões e abrindo a guarda como líder de um grupo imenso de soldados no instante em que desmereceu a sagacidade do inimigo.

Spencer olhou para Bátor como quem já soubesse que tal indisposição ocorreria mais cedo ou mais tarde. O problema de Bátor era pessoal.

– Você está nos dizendo que a rainha Owl foi incapaz de tomar uma boa decisão e, por isso, o povo da capital sofreu consequências? Também está subestimando nosso inimigo?

As palavras de Spencer fizeram Dario perceber que havia agido por impulso. Seu discurso tinha demonstrado apenas certa inabilidade para a arte da guerra.

Aquelas perguntas soaram como a corneta tocada antes do sinal de ataque, na frente de batalha, e provocaram um silêncio tenso. Até mesmo os comandantes que antes haviam concordado em pensamento com Dario retrocederam e perceberam como estavam errados.

Inesperadamente, Bátor respondeu pelo companheiro de quarto:

– Eu compreendo Dario, general.

Spencer e o próprio comandante que dera com a língua nos dentes se surpreenderam com a defesa feita pelo paladino.

– Ignor tem uma vantagem que nós ainda não temos – explicou. – Embora ultrapassem o limite do misticismo, matando crianças no ventre de suas mães e queimando pessoas em adoração a ídolos do passado, eles reconhecem que os tempos mudaram. São tribais, bárbaros, mas creem no sobrenatural.

Os guerreiros se ajeitaram nos assentos, interessados no que o conselheiro do general tinha a dizer.

– Nós estamos um passo atrás deles em relação ao que está acontecendo. Vocês viram o ataque à capital do reino em que espiões de Ignor se transmutaram em animais voadores. Eu vi muito mais do que isso: *goblins* montando covis subterrâneos em nossas florestas; seres da obscuridade portando Objetos das Trevas com poderes místicos. Eu presenciei jovens em jornadas perigosas encontrarem artefatos mágicos capazes de fazerem coisas que transcendem nosso imaginário. Compreendo o que se passa na cabeça de Dario quando ele levanta a questão sobre a rainha ou sobre nossos inimigos. Ele não faz isso com intenção de acusar, mas como alerta sobre algo que nem mesmo ele sabe o que é.

Dario viu nobreza no olhar de Bátor ao fazer sua defesa.

As palavras do paladino não convenceram o general Spencer de que seu comandante fora infeliz e imaturo, mas fizeram com que ele desistisse de destituí-lo da posição de liderança por causa daquele deslize, além de amenizar os ânimos que começavam a se agitar na reunião.

– Se Ignor está se movendo com força contra nosso reino, não podemos desconsiderar nenhuma possibilidade. Aliás, devemos começar a cogitar que coisas inimagináveis podem acontecer. E não podemos ser pegos de surpresa.

Então, voltando-se para Dario, Bátor explicou:

– Nossa rainha jamais imaginaria aquele tipo de feitiçaria usada para invadir Corema. Nem ela nem ninguém. Contudo, ela comanda uma missão confidencial envolvendo vários povos de Enigma. E foi o trabalho dela que, naquele dia, salvou todos os que estavam no castelo. Dario entendeu o que Bátor dizia. Ele tinha conhecimento do grupo de viajantes que chegara a Corema com o paladino poucos dias antes do ataque dos espiões de Ignor. Também pareceu estar envergonhado ao ver seu companheiro de quarto defendê-lo, pois, até aquele momento, nutria alguma indisposição pela forma como Bátor chegara para ocupar seu dormitório.

A animosidade entre os dois pareceu diminuir nos dias que se seguiram. Aos que os viam juntos se podia dizer que laços de amizade surgiriam entre eles, como sempre acontece entre dois homens em épocas de guerra.

Um incidente bizarro, porém, estava para acontecer.

Era madrugada, e um vento frio e forte soprava na costa sudeste de Enigma. As luzes das lanternas já não iluminavam o acampamento militar, pois, em pouco tempo, o sol resplandeceria no horizonte do oceano.

Um vulto esgueirou-se por detrás das tendas sem ser percebido e se encaminhou para as Ruínas de Zara. O capuz esverdeado lhe dava a aparência de um espião de Ignor, embora ele se movesse mais como um espadachim. As lâminas de suas adagas não refletiam o luar porque estavam ocultas na aljava abdominal. O invasor veio do deserto e não do mar, atravessou as tendas sem ser notado e alcançou o muro oeste da fortificação principal.

O vulto se movia com perspicácia e agilidade. Parecia saber aonde deveria chegar. Viu a janela aberta de um dos quartos no alto da muralha e escalou o muro de pedras para chegar até ela.

Só havia um homem adormecido no aposento: Bátor.

O assassino encapuzado se movia silencioso como uma víbora. Estudou cada canto do cômodo e não encontrou armas. Sua missão seria cumprida com facilidade, mesmo que o paladino adormecido ocultasse sua espada debaixo do colchão, como era de esperar. Não haveria tempo para ele revidar.

Dario fora convocado de madrugada para inspecionar alguns navios. Deixara a janela aberta, como de costume.

O invasor atravessou o quarto, esgueirando-se pelas sombras, perspicaz e sedento de sangue. Parou em frente à cama de Bátor e sacou a adaga, impassível.

O paladino tinha sono leve e sentiu a presença do assassino, mas não fez questão de virar o corpo ou abrir os olhos, porque pensava se tratar de seu companheiro de quarto e não de uma ameaça mortal.

Antes que Bátor se decidisse por levantar da cama, sentiu a dor da lâmina entrando com profundidade em suas costas. Seu corpo se repuxou e, por instinto, ele tentou se esquivar, mas foi em vão. Seu algoz cravou a adaga ao máximo e se agarrou às suas costas como um casco de tartaruga. Bátor se jogou no chão, empurrando os pés contra a parede, na tentativa de fazer o invasor se desprender.

Desesperado e pressentindo que perderia as forças devido ao brutal ferimento, Bátor esticou as mãos a fim de alcançar sua espada oculta debaixo do colchão.

O assassino soltou um dos braços para alcançar uma segunda arma cortante em seu cinto e, inesperadamente, foi transpassado no pescoço pela espada do paladino.

Muito sangue jorrou no chão.

## O TÚMULO NO PROMONTÓRIO

A luz da alvorada começava a surgir pela janela, enquanto os dois guerreiros se engalfinhavam como cães numa disputa por território.

Quando se separaram, o invasor apertava o próprio pescoço na tentativa de estancar a hemorragia. Estava tão ferido quanto o paladino. Bátor o impedia de fugir, agarrando-lhe a botina que, de repente, se soltou do pé.

As forças de Bátor se esvaíram, e ele tombou, mas não sem antes ver a face de seu adversário e ter um choque. Sob a luz dos primeiros raios de sol, identificou quem o apunhalara: era Isaac Samus. O rosto de seu pupilo estava ali, diante dele, de forma desonesta e inexplicável.

O assassino, igualmente ferido, jogou-se da janela do quarto antes que pudesse ser visto por mais alguém. A visão de Bátor se escureceu, enquanto ele perdia a consciência.

# CANTO MORTAL

A parede de pedra da encosta sul da Ilha da Caveira era um ponto no horizonte que crescia rapidamente.

– Teremos de navegar para leste e tentar não entrar no olho da tempestade – orientou o capitão Martinho para o timoneiro.

A situação se complicaria ainda mais para a tripulação do *Cachalote*.

– O que houve? Por que ainda estamos aqui? – perguntou Liutprand, apenas para confirmar o que Letícia lhe havia contado.

– Erramos a rota. Teremos de atalhar o retorno pelas ilhas a leste e tentar fugir daquilo – respondeu o capitão, apontando para a tempestade que se formava.

O maestro passou a mão na cabeça, cheio de preocupação, enquanto o mar jorrava suas ondas enormes contra o navio, fazendo-o parecer uma minúscula formiga tentando se esquivar da grama, sacudida pelo vento, nos campos de Enigma.

Aproximavam-se rapidamente do paredão de rocha a bombordo.

– Jogue o navio para estibordo – gritou Martinho para o timoneiro.

Um frenesi intenso tomou conta da tripulação.

Gail se aproximou da amurada e olhou para fora. Embora o céu começasse a turvar-se com nuvens escuras, havia luz suficiente para enxergar através das águas límpidas do oceano. Ela viu o fundo do mar se alterar.

– O que é aquilo? – perguntou para um dos marinheiros.

– São bancos de areia. Estamos tentando fugir da tempestade e encontrar um estuário na ilha.

Devido à sua experiência, o capitão Martinho já havia percebido os bancos de areia, por isso orientava incessantemente o timoneiro. Ele deveria conduzir o navio para próximo da costa, porém, sem que a embarcação ficasse encalhada.

No outro canto do deque, Le Goff ainda processava em sua mente a informação que recebera de Isaac.

– Como assim, você tem um irmão gêmeo? – perguntou o anão.

A euforia e a movimentação no navio se tornaram secundárias, e Le Goff lhe deu toda a atenção.

– Minha mãe deu à luz duas crianças, dois meninos, antes de morrer.

– E seu pai nunca lhe contou isso? Estou vendo que você tem mais em comum com Tom do que parece.

Le Goff parou, olhou para Antônio e disse com ironia:

– Qual é o problema com os seres humanos, eles não gostam de seus filhos?

– De certa forma, agora entendo como Tom se sente, mesmo encarando a verdade de maneira tardia e diferente. Eu sei como é ruim omitirem a verdade de nós.

Gail se aproximou.

– Estão cientes do que está acontecendo? Temos duas opções: enfrentar a tempestade ou navegar para leste. Ambas perigosas. Um marujo acabou de me dizer que, para leste das ilhas do arquipélago, poderemos nos deparar com o inimaginável – explicou a garota.

– O que é o "inimaginável"?

– Algo que você não consegue imaginar, Isaac – respondeu Gail em tom de zombaria. – Perigos terríveis, monstros... Se alguém soubesse, não seria inimaginável.

Uma onda quebrou sobre o deque do navio, fazendo ranger toda a estrutura de madeira da embarcação. Houve gritos de temor.

– Use os dados, Isaac – sugeriu o anão –, e oriente o capitão no que for preciso. Seu Objeto pode nos dizer o que é melhor: a tempestade ou o "inimaginável". Martinho vai ouvi-lo, pois adquiriu muita afeição por você durante a viagem.

– Não seria uma má ideia – encorajou Gail, já sem o ar de ironia.

Isaac concordou que seria prudente, então escolheu um dos dados de seu alforje e o sacudiu dentro das mãos fechadas. O barco balançava freneticamente, impulsionado pelo vento; ainda assim, o garoto conseguiu se equilibrar e ler o número na face superior de seu Objeto.

– Precisamos enfrentar a tempestade – revelou.

– Então convença o capitão, pois ele está tentando contornar a ilha pelo lado leste. Estamos sobre um banco de areia e podemos ficar encalhados – gritou Gail.

Quando Isaac se aproximou do capitão, Antônio e Letícia também estavam por perto e escutaram a conversa.

– Não devemos navegar para leste, capitão.

As vozes da tripulação, o vento e o marulho das ondas obrigavam Isaac a gritar.

– Enfrentar a tempestade é nossa melhor opção – reforçou.

Surpreso, Martinho parou para ouvir o garoto. De fato, Isaac conquistara sua atenção pelos modos e dedicação ao trabalhar durante aqueles dias em seu navio.

– O que você está dizendo, rapaz? Que eu saiba, é sua primeira vez num navio. De onde tirou essa ideia?

– Escute-me, capitão. Eu sei que o senhor está fazendo o melhor para nos manter em segurança e que as opções não são boas. Mas acredite em mim, vamos enfrentar a tempestade de qualquer maneira. Só não podemos navegar para o leste.

– Você não faz ideia do que é estar no olho de uma tempestade como aquela, meu jovem marujo. Preciso arribar o navio – respondeu o capitão, embora demonstrasse dúvida. Por algum motivo, ele queria acreditar em Isaac.

Antônio Feroz interveio:

– Você quer nos matar, Felipe?

Isaac ficou desconsertado diante do capitão ao receber a reprimenda do bardo. Desassossego e inquietação se instauraram num momento em que precisavam ter calma para decidir.

Antônio também precisou gritar para ser ouvido no meio da torrente de vozes e ruídos. Sua voz estridente e aguda chamou a atenção de Liutprand.

O capitão Martinho perdeu o foco por instantes – tudo o que não poderia acontecer.

– Eu sei o que estou dizendo, Tom – rebateu Isaac.

– Não podemos navegar na direção da tempestade! – contrapôs o bardo.

Gail, Le Goff e Letícia também pararam para ver a discussão.

– Você não pode ver o futuro, Tom – insinuou Isaac, evitando revelar para todos o que os Dados de Euclides lhe haviam informado.

Antônio Feroz manteve a fúria no olhar, como se já fizesse ideia de que Isaac consultara o Objeto de Poder.

– E por acaso você pode?

Isaac ficou confuso. Não deveria revelar seu Objeto.

– Sempre o achei tão racional! Por que não olha para aquelas nuvens e raios caindo do céu, para o tamanho das ondas que se aproximam vindas de lá, e decide nos ajudar? – insistiu Antônio, menosprezando a sugestão dada por Isaac.

No instante em que Antônio gritou para que Isaac fosse racional, o navio sofreu um baque. Todos foram lançados na direção da proa. Poucos conseguiram se segurar e continuar de pé com o golpe repentino. O navio havia encalhado.

O capitão se levantou, irritado por ter dado atenção aos meninos e deixado de lado o comando da embarcação.

– Estamos presos em um banco de areia! – gritou Martinho. – Coloquem as velas a barlavento.

Três marujos começaram a acionar o cabrestante das velas principais. Um dos cabos da mezena emperrou.

– O vento não está a nosso favor, capitão – gritou um dos marujos.

– Encontre uma forma de fazê-lo trabalhar para você – respondeu Martinho, como se o subalterno tivesse poder para manipular o vento.

Ouvindo o que ocorria, Gail pensou em usar novamente o Cubo de Random para ajudá-los, mas não o fez. Em meio à ventania e às ondas que quebravam bravamente no costado do navio empatado, ela ouviu uma voz.

Todos a ouviram e pararam de fazer o que estavam fazendo.

– Por Mou, não! – gritou Liutprand.

Isaac, Gail e Le Goff não entenderam o que acontecia. Olharam ao mesmo tempo para o arco da popa e viram quando um marinheiro se jogou no mar.

O som misterioso continuava. Fazia lembrar as vozes do coral no templo.

Gail se aproximou da amurada e olhou para as águas. Um banco de areia enorme se formara ao redor de uma rocha e nele estava o que parecia ser a figura de uma mulher.

– Elas não a terão – disse o maestro, feito um louco, mas ninguém o compreendeu.

Gail perguntou para Letícia o que estava acontecendo com seu pai.

– São sereias. Elas estão atrás da Dobra de Ouro – explicou a garota.

Gail olhou para baixo e viu duas formas humanas nadando sob as águas revoltas. Elas não tinham pernas, mas caudas de peixe, longos cabelos lisos, e não vestiam qualquer tipo de traje.

Isaac deu um grito e correu para segurar, em vão, outro marujo que subia na amurada para se jogar no mar.

– Temos de fazer alguma coisa! – gritou o matemático para o capitão. Contudo, para seu horror, Martinho parecia também estar em transe.

– Capitão, acorde! – insistiu o rapaz, sacudindo-lhe os braços. – Acorde, capitão!

Le Goff subiu a escada da proa para ver melhor o oceano já escuro. Olhou na direção do rochedo e viu meia dúzia de mulheres iluminadas pelos feixes de luz solar que rasgavam as nuvens escuras, acumuladas sobre a região. Todas tinham uma longa cauda no lugar das pernas e emitiam um som único que, em conjunto, se harmonizava como um verdadeiro coral.

O anão tentou segurar um marinheiro pela calça, para que ele não se jogasse do navio. Mas não era forte o suficiente para impedi-lo. Assim, Le Goff rolou como um pequeno tronco de árvore pelo chão, na direção do marujo, dando-lhe uma rasteira. O homem caiu desacordado. Por um momento, o albino evitara a perda de mais um tripulante.

Liutprand não estava mais no tombadilho; descera para seu quarto a fim de buscar a Dobra de Ouro. O maestro cantava, embora estivesse aflito. Não parava de cantar um só segundo.

Abriu o armário e, assim que pegou a ampulheta, uma das janelas de seu camarote se rompeu. Os braços de uma sereia se projetaram para dentro do cômodo, tentando agarrá-lo.

Ele sabia que elas não podiam sair da água, por isso enfeitiçavam os marinheiros com seu doce canto para levá-los até o mar e, por fim, matá-los.

O maestro caiu de costas, mas conseguiu forças para se levantar e sair correndo. Sempre cantando, desesperado, mas cantando.

Do lado de fora da embarcação, o vento passou a soprar com mais intensidade, e grossas gotas de chuva começaram a cair do céu. A tempestade estava cada vez mais próxima.

O céu havia escurecido, embora ainda fosse dia.

Isaac pensou em acender as lanternas, como geralmente fazia na rotina diária, ao fim do dia, na embarcação. Mas não o fez. Seria perda de tempo em meio à batalha que travavam contra aqueles seres mortais e sedutores.

– Como elas sabem que a Dobra de Ouro está aqui? – perguntou Gail para Letícia.

– Elas esconderam a ampulheta por muitos anos. Podem senti-la quando está por perto – explicou.

– E seu pai sabia que elas estariam nesta parte do oceano, por isso ficou aterrorizado.

– Foi ele que a tomou da mão das sereias – completou Letícia – há muitos anos.

Gail ficou petrificada. A imagem do rechonchudo maestro lhe veio à mente. Ele não parecia o tipo de homem capaz de se aventurar nos mares para recuperar um artefato perdido da mão de seres bizarros e mortais.

– Seu pai? – indagou Gail, ainda incrédula. – Como ele conseguiu vencê-las?

Outro marujo acabara de se jogar no mar, ao lado das garotas.

Letícia não respondeu da maneira como Gail esperava.

A filha do maestro subiu na ponte do navio, posicionando-se em uma área que não era atingida pelo jorrar das ondas inquietantes, e abriu a boca para cantar.

Isaac segurava o braço do capitão para que ele não pulasse no oceano. Começou a ouvir um segundo canto, o da filha do maestro, e então sentiu que não precisava fazer mais tanta força para segurar Martinho.

O som da voz de Letícia começava a atrapalhar o canto das sereias, tirando os marujos do transe em que se encontravam.

A voz de Letícia parecia amplificada. Ela cantava uma canção diferente das notas entoadas pelas harpias. Le Goff desceu a escadaria na direção de Gail e compreendeu que era um tipo de contrafeitiço. Uma canção causava interferência na outra.

– Precisamos fazer este navio sair daqui – disse Le Goff. – Manipule o vento para que ele jogue as ondas em sentido contrário e empurre a embarcação para longe do banco de areia.

Gail concordou.

– E você, o que está esperando? – perguntou o anão para Tom. – Comece a cantar junto com sua amiga. Temos de quebrar o feitiço das sereias. Nossa música precisa ser mais alta que a delas.

Antônio não gostou de receber ordens de Le Goff. Apesar de nitidamente contrariado, começou a cantar.

– Acorde, capitão! – gritou Isaac. – Precisamos do senhor!

Martinho se recompôs. Viu Letícia na ponte do navio e demorou um pouco para compreender que a canção da garota era uma arma contra as vozes das harpias. Sentiu o navio se mover e as ondas, de maneira estranha, contornarem a embarcação, empurrando-a na direção do oceano. O capitão nem sequer desconfiou que Gail era a responsável por isso.

O canto de Antônio se elevou, fazendo Letícia olhar para ele. Ela não parecia ter gostado de ver o bardo cantando junto de si. Isaac e Le Goff perceberam que as sereias ficaram em silêncio.

Dentro de poucos minutos, o navio já se encontrava novamente livre nas águas, dessa vez lutando contra gigantescas ondas, mas afastando-se cada vez mais do rochedo das sereias, que ficavam para trás. Entretanto, a tempestade os alcançou, confirmando a previsão de Isaac.

Se tivessem navegado na direção dela, pelo menos teriam evitado perdas na tripulação devido ao encontro com as harpias. Agora restaram poucos trabalhadores no navio para ajudar o capitão.

Liutprand apareceu no deque, ainda aterrorizado. Segurava a Dobra de Ouro e olhava ao redor, com suspeitas.

Ao vê-lo, Letícia parou de cantar. Tom, porém, continuou.

O navio se sacudiu de forma estranha.

– Precisamos recolher as velas, caso contrário, seremos estraçalhados pelo vento e pela água! – gritou o capitão. Contudo, não havia homens suficientes para executar a tarefa.

Com a ajuda do cubo, Gail lutava contra a ventania trazida pela tempestade.

Isaac não esperou surgir um voluntário. Começou a colher os rizes, diminuindo as velas uma por uma.

O navio tremeu de maneira estranha novamente. Dessa vez derrubando quase todos os que se encontravam no piso do tombadilho. Impossível! Não havia mais bancos de areia na distância em que se encontravam no mar.

Le Goff se agarrou à cordoalha que estava à sua frente, bateu com o corpo na amurada, gemeu de dor, abriu os olhos e viu que somente naquela hora Antônio havia parado de cantar, mesmo que eles já se encontrassem longe da costa da ilha.

O albino não pôde pensar muita coisa naquele instante, pois o navio chacoalhou novamente, gerando pânico na tripulação.

Isaac escalava o traquete para desfazer um nó no cordame. Olhou na direção de Le Goff e não acreditou no que viu. Gail e Letícia também arregalaram seus olhos.

– Por Mou, o que está acontecendo? – bradou o maestro, cheio de pavor.

O anão viu um gigantesco tentáculo cheio de ventosas gosmentas passar por cima de sua cabeça, invadindo o convés. Olhou para a frente e, incrédulo, notou que outro se erguia das águas violentas do mar à sua frente. O navio estava sendo abraçado por um kraken.

# O KRAKEN

Liutprand foi quem gritou "Kraken!" sem necessidade, uma vez que o animal marinho tinha proporções colossais e podia ser visto por todos, em qualquer parte em que a pessoa estivesse no deque do navio.

Dois tentáculos gigantescos do monstro marinho se erguiam em lados opostos da embarcação, enquanto um terceiro se enroscava no traquete, logo abaixo do lugar onde Isaac se situava.

O matemático lamentou não estar com a espada na cintura. A única opção que teve foi escalar o mastro com desespero e angústia, enquanto o tentáculo parecia se esticar cada vez mais, com suas ventosas molhadas e furtivas.

Quando o braço articulado do kraken se preparava para se enroscar na perna de Isaac, as ventosas se abriram num esgar, como bocas doentias ao tomar um remédio amargo.

Le Goff fincara um arpão na base do tentáculo, ferindo-o. Isso forneceu tempo para Isaac subir mais alto e pensar em uma forma de escapar da mira do animal, visto que estava em um local totalmente visível pela besta.

Do alto do traquete, ele gritou:

– Preciso da minha espada!

O anão teria chegado a essa conclusão mais cedo ou mais tarde. Não havia outra maneira de lutar e vencer o gigantesco animal senão usando uma arma. Le Goff correu para o andar inferior do navio, não sem antes se desviar do outro tentáculo que se esticava raivoso em sua direção.

Enquanto Gail, Letícia, Antônio e Liutprand ainda se encontravam paralisados com a monstruosidade da lula gigante que cercava o *Cachalote*, o capitão Martinho também tomou a decisão de atacar a besta.

Os dois lança-arpões foram preparados com a ajuda dos marujos que tinham sobrevivido às sereias. Nada era feito sem muito esforço. O navio chacoalhava, e muita água jorrava no convés. Isso fazia com que a menor ação executada fosse demorada e cansativa.

Para amenizar o pânico do capitão, igualmente dificultosos e lentos eram os movimentos do kraken.

O céu se tornou completamente turvo, e a chuva engrossou. A tempestade os alcançou no exato momento em que foram surpreendidos pelo animal. Estavam atordoados e descrentes.

Um quarto tentáculo do kraken se enroscou no gurupés, arrancando-o com violência. Os paus da giba e da bujarrona se estraçalharam, levando as velas para o fundo do mar.

Gail não ficaria assistindo a tudo aquilo sem lutar. Já passara por muitos infortúnios e vencera muitas outras batalhas. Selecionou um arpão do caixote de armas e correu para a proa. Pela localização dos tentáculos que se elevavam das águas sombrias do mar revolto, ela concluiu que o corpo e a cabeça do monstro estariam submersos na porção frontal do navio.

Instintivamente, Letícia imitou a filha de Bátor. Segurou a lança nas mãos, mas não soube para onde correr. Antônio olhou para a amiga e disse em um tom desencorajador:

– Você não sabe usar essa coisa.

– Minha filha, você pode se machucar com isso! – reforçou o maestro, a preocupação nítida em sua voz.

Le Goff surgiu na escotilha, trazendo uma espada na mão. Não demonstrava facilidade em correr com a peça metálica, cujo comprimento tinha quase sua altura.

O anão começou a escalar o mastro, competindo com um dos tentáculos do kraken.

– Tom, venha até aqui! – gritou o capitão, puxando a mola do lançador e prendendo o arpão na guia. – Não temos marujos suficientes. Preciso que me ajude.

O bardo não gostou de ser escalado para lutar, mas o que conseguiu fazer para manifestar a insatisfação foi apenas levantar uma sobrancelha ao cruzar o olhar com o do maestro.

– Quando eu der a ordem, puxe esta alavanca. Mantenha o lançador nesta direção.

No traquete, Le Goff conseguiu passar a espada para Isaac, mas foi atingido por um dos tentáculos, o que o fez perder o equilíbrio e a pegada. Ele estava a mais de cinco metros de altura no tombadilho e começou a cair.

Um sopro o atingiu inesperadamente, lançando-o contra a vela quadrada no grande mastro. Então, envolvido no tecido da vela, o corpo de Le Goff escorregou até a retranca. Com a ajuda do Cubo de Random, Gail salvara a vida do anão da mesma forma como fizera em Corema.

Isaac assistiu ao salvamento com preocupação. Gail estava na proa, próximo ao local onde um tentáculo destruíra, com ferocidade, o gurupés. Ela poderia facilmente perder o equilíbrio e cair no mar, pois não havia mais amurada ou corrimão no local.

Lentamente, uma forma gigantesca, ovalada e escura se elevou por trás da garota.

Letícia gritou, desesperada, olhando para Gail.

Na verdade, não houve uma pessoa sequer que não parasse o que estava fazendo para olhar, com temor e loucura, a cabeça gigante e insana do kraken que surgia onde antes ficava o pau da bujarrona.

– Gail, saia daí! – gritou Isaac. – Saia daí!

Um arpão passou zunindo perto do ouvido de Gail, mas não acertou nem a garota nem a cabeça do animal, que deveria ser o alvo. Ela se abaixou por instinto e só então compreendeu por que Isaac gritava. Os três lançadores de arpão estavam virados em sua direção. E fora Antônio Feroz quem disparara o primeiro deles.

O capitão não havia dado a ordem ainda, por isso repreendeu o bardo.

– Perdemos uma oportunidade, garoto! Sem contar que você quase acertou sua amiga. Não devia ter puxado o gatilho.

– Ele não sabe mexer nessa coisa – interrompeu Liutprand, tentando justificar a ação impensada do bardo.

Antônio fez cara de confuso e ingênuo.

Nesse ínterim, Gail se ergueu novamente, virou-se e cravou o arpão que trazia consigo no corpo da lula gigante, contudo, sem muito sucesso, uma vez que não tinha força suficiente para encravá-lo com profundidade, provocando uma ferida significativa.

Dois tentáculos do kraken se estenderam para as laterais na frente da garota e exibiram os lábios gosmentos e terríveis do animal, com uma boca circular e cheia de dentes afiados.

Antes que um dos tentáculos descesse com fúria e quebrasse parte do arco da proa, Gail se jogou para trás e rolou no deque, livrando-se de ser atingida.

Os outros dois arpões que tinham sido preparados nos lançadores foram atirados, mas nenhum deles conseguiu acertar o monstro.

Isaac continuava se desviando dos dois tentáculos que o perseguiam. Quando chegou ao cesto da gávea, local onde passara boa parte da viagem trabalhando, percebeu que não tinha mais para onde ir.

Enquanto ele estocava com a espada os braços da lula, calculava com o olhar a distância até o estai da mezena. Seria obrigado a arriscar um salto até o outro mastro ou a se jogar no mar.

Letícia continuava segurando um arpão, embora não soubesse o que fazer com ele. Le Goff se aproximou dela e revelou um plano.

– Tom precisa congelar o tempo!

– Do que você está falando?

– Convença-o a pegar a ampulheta e parar o tempo. Assim poderemos acertar a cabeça desse animal.

Surpresa com a ideia, Letícia concordou.

– A única maneira de sairmos vivos daqui será se acertarmos a cabeça dele – disse Gail, assim que se encontrou com o anão, já distante da proa.

– Foi o que acabei de dizer para Letícia. Antônio precisa usar a ampulheta – respondeu Le Goff.

Os olhos de Gail brilharam, pois pensara a mesma coisa.

O tombadilho foi sacudido e começou a se inclinar para cima. Os tentáculos frontais do kraken agarraram a quilha do navio, elevando a parte frontal da embarcação.

O capitão Martinho acabara de carregar novamente os três lançadores com arpões, mas sentiu o deque se movendo. Sem conseguir se segurar, começou a escorregar para a popa com tudo mais que se encontrava solto.

Isaac aproveitou o momento para dar o salto. A distância se encurtou com o movimento que o monstro provocou no navio.

Fraco e com o braço cheio de hematomas, Isaac atingiu o estai da mezena, mas não conseguiu se agarrar a ele, pois segurava com uma das mãos a espada, que acabou rasgando a vela.

Como um macaco pendurado em um cipó, Isaac oscilou até o que restava da proa. Ao soltar o tecido da vela, precisou se agarrar à roda do timão para não deslizar para o fundo do navio, que ainda se encontrava inclinado.

No tombadilho, todos também se agarravam ao que podiam, tentando não escorregar.

– Você precisa usar a Dobra – gritou Letícia para Tom.

– Ela está com seu pai – respondeu o bardo, indicando com a cabeça o maestro na amurada do outro lado.

De repente, os tentáculos do kraken soltaram a proa, e a frente do navio começou a descer em queda livre.

O movimento da embarcação causou um frio na barriga de todos. O casco bateu com violência nas águas revoltas, fazendo tremer cada parafuso e cada tábua do navio.

Isaac se levantou, digladiando contra os dois braços frontais do monstro. Para sua sorte, eles não se moviam com muita velocidade, mas também não pareciam sentir dor após serem picados pela lâmina da espada.

– Saia daí, garoto! – gritou o capitão para Isaac.

Le Goff percebeu que o momento era propício para acertar o monstro. Os três propulsores de arpão estavam preparados, mas, se fossem disparados com o navio em movimento, outra vez seria improvável que acertassem a cabeça da criatura.

– O que está havendo, Tom? – perguntou Gail. – Precisamos que você faça o tempo parar.

– A Dobra não está comigo – justificou-se ele outra vez.

– Papai! – gritou Letícia. – Precisamos da ampulheta!

Sem entender o que sucedia, Liutprand se aproximou das crianças.

– Entregue a ampulheta para Tom – pediu Gail.

– Aconteça o que acontecer, cuide bem dela, rapaz. Isto também lhe pertence – disse o maestro, passando, sem o menor questionamento, dois Objetos para as mãos do bardo: a ampulheta e a caixa metálica contendo seu diapasão.

Liutprand andou três passos para trás, afastando-se deles. Letícia viu o desespero no olhar de seu pai.

– A Dobra e a Forquilha sempre pertenceram a Tom – disse o maestro de forma incompreensível.

– O que vocês estão fazendo? – perguntou o capitão. – Preciso que alguém se prepare para acionar o terceiro lançador. Quando eu der a ordem, rapaz – disse enfaticamente, olhando para Antônio, que guardava no bolso da calça a caixa com o diapasão.

O capitão ficou parado, olhando a ampulheta na mão do bardo. De repente, com o barulho ensurdecedor das ondas flagelando o casco do *Cachalote*, pôde-se ouvir um som de madeira se quebrando. O kraken acabara de arrebentar o mastro principal. A porção superior do pesado tronco que o formava ficou pendurada pelos estais, mas pedaços da cesta da gávea desmoronaram, enquanto os tentáculos se retraíam, preparando-se para caçar a tripulação no tombadilho.

– O que você está esperando? – gritou Le Goff novamente para Tom.

O bardo girou a ampulheta, e o pó começou a descer para o bulbo inferior. Com exceção dos Possuidores dos Objetos, tudo parou.

Como ocorrera no templo, as gotas de chuva ficaram suspensas no ar, e as ondas pareciam gelo, imóveis de um lado e de outro do navio. Os relâmpagos no céu pareciam riscos brancos na tela de um pintor. A cabeça do kraken, iluminada em parte pelo relâmpago congelado, mantinha-se sombria e ameaçadora, mas completamente imóvel.

Isaac foi salvo, pois estava prestes a ser esmagado por um dos braços do monstro enquanto digladiava com o outro. O matemático compreendeu que Tom usara a ampulheta e rapidamente correu para junto de seus amigos.

– Não temos muito tempo! – gritou Le Goff. – Precisamos acertar a cabeça desse animal.

Isaac não esperou ordens. Confirmou a mira do lançador a estibordo e acionou a alavanca. O arpão estilhaçou inúmeras gotas de chuva imobilizadas em seu percurso e atingiu em cheio a cabeça da lula gigante, encravando-se nela.

– Agora, Gail! – gritou Le Goff, antecipando-se à ordem que seria dada por Isaac.

A garota puxou a alavanca, e a lança foi projetada em um dos olhos do kraken.

O pó de prata continuava passando do bulbo superior para o inferior na ampulheta.

– Antônio, é a sua vez! – orientou Isaac, esperando o bardo puxar o gatilho do lançador.

Gail quase se perguntou o que faltava para Tom lançar o arpão contra o animal, mas seu próprio raciocínio acelerado lhe trouxe uma resposta: coragem.

– Ora essa! – suspirou Le Goff, aguardando o terceiro tiro.

– O tempo está acabando – disse Isaac, correndo na direção do terceiro lançador.

O pó de prata enchia a porção inferior da ampulheta. Em poucos segundos, eles não teriam mais a oportunidade de arpoar a cabeça da lula com a mesma precisão novamente.

Isaac empurrou Antônio para o lado.

– Com licença.

Confirmou a mira e puxou o gatilho.

O tempo voltou a andar no exato instante em que a terceira ferroada acertava o outro olho do kraken.

Os efeitos do congelamento do tempo causado pelo Objeto de Poder ainda não eram muito conhecidos. No entanto, assim que tudo retornou ao normal, a força com que os arpões acertaram o monstro parecia ter-se acumulado de forma potencial. A cabeça do Kraken foi lançada para trás, e seu corpo puxou seus tentáculos.

Um dos braços do animal correu pelo deque como um chicote, varrendo Liutprand para fora do navio.

Letícia soltou um grito de agonia ao ver seu pai sendo jogado no mar encrespado de ondas gigantes.

Tudo aconteceu muito rápido.

Os braços do gigantesco animal puxaram o *Cachalote* por um instante, até que perderam as forças e o soltaram no ar, servindo de catapulta. O navio voou por sobre uma série de ondas e caiu na água, enquanto o monstro afundava, moribundo.

O corpo de Liutprand jamais seria encontrado.

A tripulação estava caída no tombadilho, mas percebeu que o perigo não chegara ao fim.

Com a pancada do casco na superfície do oceano, após o navio ter sido lançado no ar, a porção do mastro central que ficara pendurada cedeu. Como uma estaca, o tronco acertaria a cabeça de Letícia ao cair.

Isaac estava bastante ferido, mas encontrou forças para se levantar e se jogar contra ela. Por poucos centímetros, os dois deixaram de ser esmagados pela tora.

Ninguém se levantou por algum tempo. Permaneceram deitados, imobilizados pelo medo de uma possível nova ameaça. Haviam entrado em uma região perigosa no oceano, em meio à tempestade.

Antônio abraçava a Dobra de Ouro como se fosse um bebê. Le Goff se enroscara num amontoado de cordas para não deslizar sobre o tombadilho molhado. Gail estava sentada em outro canto, silenciosa como o capitão e os marujos que restavam.

Ninguém se importava em descer para verificar se o casco havia trincado, se estavam naufragando. Não havia forças, não havia ânimo, não havia coragem, apenas lágrimas e dor.

Isaac abraçou Letícia, que reprimia o choro.

Gail se lembrou de Aurora. Vira a amiga perder a mãe numa luta contra os goblins. Voltou a pensar em Letícia. Ela estava sofrendo por causa da morte do pai. Antônio também devia sentir muito pesar.

Ele permaneceu enroscado à Dobra de Ouro. Mudo.

Gail contemplou a cena por um instante e se lembrou do que lera no *Diário do Anjo*. Tempo para pensar sobre tudo aquilo não faltava. O navio estava à deriva, açoitado pelas ondas e pelos ventos da tormenta.

A tempestade não havia passado, mas o que restara de esperança em cada um dizia que chegaria o momento de ela ir embora – era nisso que eles desejavam crer.

Após um longo e tenebroso tempo, o navio não afundou. Era sinal de que o casco não sofrera avarias significativas.

A ventania foi diminuindo aos poucos, quase de forma imperceptível. O sobe e desce da embarcação foi cessando, e as nuvens escuras começavam a se dissipar. Ainda restava um pouco de luz no céu quando tudo se acalmou.

Antes mesmo que o capitão se levantasse e tomasse alguma decisão sobre o que deveriam fazer, Le Goff examinou, através de uma das vigias da amurada, o horizonte à frente. Seus olhos se encheram de esperança concreta. Pensou que estivesse sonhando. Depois se perguntou se não fora seu Objeto que o fizera viajar no tempo. Custou a acreditar no que via: um promontório imponente e comprido se erguia próximo ao navio.

O anão o reconheceu das muitas visões que seu Objeto de Poder lhe proporcionara. No alto daquele rochedo, Le Goff sabia, existia um túmulo. E dentro do túmulo encontrava-se a resposta para todas as suas indagações.

# NA ILHA

O navio se aproximou vagarosamente das rochas, levado apenas pelas ondas.

O capitão Martinho se levantou e solicitou ajuda a alguns marujos. Isaac não esperou ser convocado e foi ajudá-los a esticar algumas velas. Se não tivessem como afastar a embarcação, o impacto com o promontório terminaria de destruir o que sobrara do *Cachalote*.

Os sobreviventes estavam encantados por terem sido levados para uma ilha. Isso significava esperança. Duas cascatas gigantescas vertiam do topo do paredão, desaguando no mar como um véu. Aves marinhas sobrevoavam a porção mais alta do promontório em voos sublimes e delicados.

A brisa morna os acalentava do frio. Ainda se encontravam molhados pela enxurrada da tempestade. Os poucos raios do sol vespertino de outono confortavam e enchiam de paz o coração dos marinheiros, que por pouco não haviam naufragado ou tinham sido engolidos pelo monstro marinho.

Enquanto alguns homens trabalhavam com o propósito de recuperar o controle da embarcação, Antônio Feroz e Gail se aproximaram de Letícia, a fim de consolá-la.

– Sinto muito, Letícia – desabafou a filha de Bátor.

– Eu ainda não consigo acreditar que ele se foi – confessou o bardo. – De alguma maneira, ele pressentia que algo aconteceria. Quando ele me entregou a Dobra de Ouro e também seu diapasão, pude perceber.

Uma solidão devastadora jorrava do olhar da filha de Liutprand.

– O que eu fiz para ter uma vida tão infeliz? – confabulou o bardo. – Perdi em pouco tempo as pessoas que eu mais amava. Primeiro Ismael, agora Liutprand... Ele sabia. Tenho certeza de que sabia que algo de ruim iria lhe acontecer. Caso contrário, em Parveen, não teria se aberto comigo e me entregado o *Diário do Anjo*. A desgraça em minha vida não começou quando as sereias surgiram. Ela tem alcançado meu destino desde a celebração no templo.

Era exatamente sobre isso que Gail passara boa parte das últimas horas pensando, enquanto se encontrava à deriva no mar.

Havia algo de misterioso acontecendo. Tom lhe fornecera a peça final para decifrar o enigma relacionado à ampulheta. O bardo dissera que a desgraça o alcançara e fizera com que Gail se lembrasse do que lera no *Diário do Anjo*, a inscrição abaixo do desenho da Dobra de Ouro, quando ela invadira o quarto de Tom.

Gail se esforçou para recordar o que estava escrito:

*Pare o tempo*
*Prossiga, desgraça*
*alcançará seu destino*

Ela se recordou das páginas envelhecidas do livro. Havia ranhuras e rasgos feitos em vários lugares do manuscrito, inclusive sobre partes da legenda que explicava o Objeto. As belas ilustrações dos Dados de Euclides, da Pena de Emily, da Roca das Senhoras do Destino lhe vieram como um quadro pintado à mente.

Sim! Era isso que estava errado. Aquele último desenho não correspondia a um Objeto de Poder, mas a um Objeto Trevoso. Por que ela não pensara nisso antes? Relembrou novamente as manchas e furos na folha do livro.

– A legenda estava modificada – sussurrou, chamando a atenção dos companheiros.

Le Goff se aproximou para ouvir.

– Que legenda? Sobre o que vocês estão conversando? – perguntou o anão.

– O livro que Liutprand deu para Tom tem imagens que explicam os Objetos de Poder – respondeu Gail. – Na página em que aparece a Dobra de Ouro, o texto está fragmentado por rasgos feitos pelo tempo. Podemos ler: "Pare o tempo, prossiga de graça, alcançará seu destino".

A curiosidade calou os ouvintes. Queriam saber aonde Gail pretendia chegar com aquela história.

– A frase está incompleta. Pode ter sido modificada pelos furos e riscos no papel.

– O que você quer dizer com isso? – perguntou Tom.

– É possível que algumas sílabas ou letras estejam faltando, removidas pelas ranhuras no papel, o que muda todo o sentido do que lemos. Uma das possibilidades, e aposto nela, é que a frase correta seja: "Pare o tempo, prossiga, e a desgraça alcançará seu destino".

O que acabavam de escutar fazia sentido, e Tom ficou admirado com a capacidade de a garota chegar àquela conclusão. Não conhecia ninguém capaz de juntar as peças de um quebra-cabeça e decifrar um enigma tão rapidamente como Gail.

– Meu pai nunca me permitiu ler o livro sozinha. Ele me dizia para jamais o abrir, pois havia páginas com desenhos e textos demoníacos, não recomendados para uma criança – recordou Letícia, como se Liutprand estivesse à sua frente, orientando-a sobre como proceder em relação ao *Diário do Anjo*. – Sempre que o lia, meu pai também cantava. Ele interrompia a leitura simplesmente para cantar, como se sua canção fosse um amuleto contra os maus agouros do que ele poderia encontrar na segunda parte do livro. Sim... Eu me lembro perfeitamente de suas orientações. Se algum dia, por descuido, eu lesse ou contemplasse uma das ilustrações heréticas, deveria imediatamente começar a cantar canções de louvor a Moudrost para limpar a mente. Mas isso nunca precisou acontecer, porque nunca me interessei pelo *Diário do Anjo*.

O testemunho de Letícia foi suficiente para encorajar Gail a revelar sua conclusão:

– A Dobra de Ouro é um Objeto Trevoso.

Antônio Feroz tirou a ampulheta do bolso de sua calça e a contemplou.

– Quando você fez o tempo parar pela primeira vez, Tom, provocou a morte de seu pai, a pessoa que mais amava no mundo – deduziu Gail, sem temer que o garoto se sentisse culpado pelo que ouvia. – Quando a usou pela segunda vez, no navio, causou a morte da próxima pessoa que passou a ser a mais amada por você, Liutprand.

– Não! – gritou ele, desejando que fossem ilações sem fundamento.

– Faz sentido – afirmou Le Goff.

Letícia acenou para o bardo, confirmando que acreditava na conclusão a que Gail havia chegado.

O navio ultrapassara o promontório sem colidir com ele. Uma baía acolhedora se abria para o mar, onde havia um porto humilde. A surpresa interrompeu a conversa.

– Precisamos ancorar o navio e buscar ajuda na ilha! – gritou o capitão.

Antônio ainda perscrutava o Objeto em sua mão.

Le Goff encarou Isaac no alto de um dos mastros, e este compreendeu que o anão tinha novidades. Mas não poderia parar seu trabalho naquele momento, uma vez que a mão de obra da tripulação fora reduzida. Entre os poucos marujos que restavam, estavam Smollet e Patrick, justamente os mais inexperientes.

– E se você estiver errada, Gina? – perguntou Antônio, chamando novamente a atenção do grupo.

Letícia se apressou a corrigir o amigo.

– Ela se chama Gail. Esse é seu verdadeiro nome. E Felipe se chama Isaac.

Um sentimento de traição pareceu encher o coração do bardo, como em vezes anteriores.

– Toda essa viagem é uma completa farsa, não é? – reclamou. – Existe mais alguma mentira que eu desconheça?

– Sinto muito, Tom. Não tinha como ser de outra maneira. Acredite – desculpou-se Gail.

– Não tinha – repetiu ele, desencadeando um profundo sentimento de culpa nas garotas.

Le Goff duvidava de que o bardo realmente estivesse tão ferido emocionalmente quanto tentava parecer. Para o albino, tudo em Antônio Feroz Baamdô partia do princípio da encenação; afinal, ele era um bardo, mestre das artes.

– Se ele for maduro o suficiente, compreenderá que as coisas não poderiam ter sido de outra forma, Gail – reforçou o anão.

– Você diz que é muito bom em se colocar no lugar do outro, anão, mas, no fundo, é incapaz de sentir a dor alheia – acusou Tom.

– Não deveria falar assim, Le Goff! – repreendeu-o Gail, para surpresa de absolutamente ninguém. Até mesmo Letícia sabia que ela iria se manter do lado de Antônio. Mesmo que ele a fizesse sentir-se culpada.

– Você estava comigo no pântano e viu meu desespero para salvar a vida de meu pai. Você estava do lado de Aurora quando tudo aconteceu... Mas parece que não aprendeu nada sobre empatia, Le Goff.

Censurado, o albino preferiu se calar. Sabia que a amiga estava enfeitiçada pelo bardo e, por isso, não conseguia pensar racionalmente quando se tratava de jogar limpo sobre Tom.

A conversa foi interrompida, e todos se prepararam para deixar o navio.

Dois botes e uma única viagem foram suficientes para levar todos para terra, onde nativos os aguardavam no porto.

Havia uma vila próxima da orla da praia, mas os tripulantes do *Cachalote* não avançaram para além de uma tenda aconchegante e ampla, onde foram recebidos calorosamente.

Tudo era rudimentar e quase primitivo na ilha.

Após uma longa conversa com os maiorais da tribo que ali viviam, o capitão Martinho anunciou que gastariam alguns dias para consertar a embarcação. O reparo se concentraria na mastreação.

Todos dormiriam em seus próprios aposentos no navio. Passariam o dia na ilha, mas retornariam à tarde para dormir no *Cachalote*.

Le Goff aproveitara um instante a sós com Isaac para lhe contar o que haviam descoberto sobre o *Diário do Anjo*.

– Gail nunca errou em suas deduções.

– Imagino que não – respondeu o anão. – O que ela descobriu sobre a ampulheta faz total sentido. Ainda não encontramos o sétimo Objeto de Poder.

O estômago de Isaac pareceu se embrulhar. O que Bátor pensaria sobre tudo aquilo? Tinham seguido um caminho errado. Como haviam conseguido chegar até ali, no meio do nada? Tudo não passara de uma grande perda de tempo, e estavam desgastados.

– Fomos precipitados em seguir viagem atrás de Tom – lamentou-se Isaac. – Eu deveria ter consultado os dados.

– Consulte-os agora.

Le Goff sempre tinha um ótimo plano ou saída para cada situação, sempre enxergava o que mais ninguém conseguia ver.

Os dados foram rolados e indicaram uma alta probabilidade de o sétimo Objeto de Poder estar na ilha.

– O túmulo – sussurrou o anão.

Isaac se recordou da época em que resolvera o enigma deixado por Euclides. Seu Objeto de Poder estava sob o túmulo do matemático.

– Não seria estranho, Le.

– Não mesmo – confirmou Le Goff. – Todas as vezes em que busquei informações sobre o sétimo Possuidor e sobre seu Objeto de Poder, o Pergaminho me apresentava esta ilha. Acredito que todas as respostas que procuramos, que estão sofrendo interferência de magia contrária, podem estar lá em cima, no túmulo – respondeu, apontando o dedo para o topo do promontório.

– O que acha que pode ter acontecido aqui? – perguntou Isaac.

– Não faço a menor ideia. Mas amanhã bem cedo pretendo descobrir.

Gail viu Isaac, mas decidiu mudar de direção quando percebeu que ele conversava com o anão.

– O que deu nela?

– Gail continua com aquela conversa de que eu machuco os sentimentos do bardo, de que sou agressivo e não sei o que é empatia.

Isaac deu de ombros. Não estava mais suportando a cumplicidade de Gail em relação a Tom, sem contar aquela conversa irritante que buscava censurar qualquer pessoa que suspeitasse das verdadeiras intenções do bardo.

– Tenho certeza de que as coisas seriam diferentes se o pai dela estivesse aqui.

Le Goff concordou com um aceno de cabeça.

Os nativos levaram um guisado de peixe com cogumelos para recepcionar a tripulação do *Cachalote*. Doaram roupas secas e cobertores para eles se esquentarem no navio, à noite.

Quando percebeu que Isaac estava sozinho na praia, Gail correu até ele. Precisavam conversar.

– Como você está? – perguntou a garota.

Isaac ergueu a cabeça e sorriu.

– Alegre por ter sobrevivido.

– Não é a primeira vez – completou Gail, devolvendo-lhe o sorriso.

– E não acredito que tenha sido a última. Le Goff me atualizou. Seguimos uma pista falsa atrás do sétimo Objeto de Poder.

Gail anuiu.

– É como se faltasse apenas uma pequena peça para montar todo o quebra-cabeça – desabafou Isaac. – Caso contrário, as visões que o Pergaminho deu a Le Goff não mostrariam o promontório nesta ilha.

– Não precisamos falar do anão.

Isaac se sentiu incomodado.

– Le é nosso amigo – insistiu ele.

– Mas não tem agido como se fosse.

– Por favor, Gail – após a revelação feita ao bardo, eles já não usavam mais os codinomes para chamarem um ao outro –, não comece novamente a falar sobre Antônio Feroz. Ele descobriu que é capaz de fazê-la sentir pena dele e usa isso para colocá-la contra nós.

– Como pode dizer uma coisa dessas?

– Observando o que ele fez com você.

– Isaac! Você também não mudou, não é? Quem está mudado são você e Le Goff, não percebe? Estão com ciúmes? Com inveja por estarmos diante de um Possuidor que talvez seja mais poderoso que todos nós juntos?

– Mais poderoso do que todos nós juntos? É realmente isso que você pensa sobre ele? Acabamos de descobrir que ele nem sequer possui um Objeto de Poder. O que está nas mãos dele é macabro e perigoso.

– Ele não pediu para ter a ampulheta. Ela chegou até ele. E vocês o estão massacrando por causa disso.

– De onde você tirou isso, Gail? Até hoje pela manhã, nem sequer sabíamos do Objeto Trevoso. Aliás, foi você que descobriu. Tornou-se impossível ter uma conversa séria com você. Parece uma garota com o sistema emocional débil, cheia de "não me toque, não fale isso ou aquilo".

Ela não respondeu.

– Vai dizer agora que está magoada com o que acabei de dizer? Desde quando se tornou frágil como uma seda ou quebradiça como uma porcelana? Não parece mais a garota durona que esbarrou com força em mim pela primeira vez no cais do Lago de Nock, na cidade de Melon. Seu pai reprovaria a mulher que você se tornou no decorrer dessa viagem.

Gail deu as costas para Isaac, caminhando de volta para a tenda, na entrada da mata.

– Você também não costumava virar as costas quando seus amigos lhe diziam verdades – gritou o matemático, embora sem a fazer mudar de ideia. As palavras de Isaac morreram no ar.

Os nativos vestiam belas roupas tecidas por eles mesmos. Eram educados e muito místicos, adoradores de Moudrost. Recebiam com alegria a visita de pessoas do continente. Decidiram acender fogueiras na praia para proporcionar conforto à tripulação do *Cachalote*, que dormiria no navio.

Antes de entrar no bote e retornar para o navio, ocorreu algo inesperado que mudaria completamente o rumo da história de Le Goff.

Antônio e o anão se encontraram na rampa da tenda que dava na estrutura de madeira do cais. O bardo parecia aguardar Le Goff.

– Estive repensando em tudo aquilo por que passamos – disse Antônio em tom de arrependimento.

Le Goff queria passar direto e fingir que não era com ele, mas estaria repetindo a atitude infantil de Gail. Por isso parou e concordou com um sinal de cabeça.

Suas tranças estavam penteadas, e ele já se encontrava de banho tomado e com roupas limpas e novas. Quem o visse jamais desconfiaria do que ele havia passado no mar.

– Tenho me sentido confuso e muito solitário – disse o bardo. – Sei que é difícil para você compreender. Eu mal recebi a notícia de que meu pai não era verdadeiramente meu pai, e vocês apareceram.

– Pensei que tivéssemos sido uma espécie de bênção em sua vida. O tempo todo tentamos confortá-lo por sua perda.

– Você tem razão. E foi por isso que decidi vir falar com você. Eu tive atitudes grotescas em relação a você e a Felipe. Quero dizer... Isaac.

– Com Gail e Letícia também – acrescentou o anão.

Tom percebeu que seria muito difícil convencer o albino de sua mudança de postura. Le Goff suspeitava de sua própria sombra.

– Você tem razão – assumiu o bardo. – Sempre foi esse o meu jeito de levar a vida. Até mesmo quando me perseguiam nas ruas de Parveen. Eu não me importava com os agressores, muito menos com as agressões que eles me faziam. Mas gostava de ver as pessoas com pena de mim, levantando-se e tomando o meu partido.

– Você adora fazer as pessoas se sentirem culpadas quando elas não agem da forma como você gostaria.

– Eu queria ser como você, Branquelo. Não entendo como não odeia o mundo por causa das asas que lhe foram negadas.

O tom da conversa pareceu mudar. Le Goff estranhou ouvir o bardo falar sobre sua deficiência.

– Ninguém me negou nada, Tom.

Antônio arrancou a ampulheta do bolso. O ouro reluziu à luz das fogueiras, refletindo-se no rosto do anão.

— Descobri que não sou nenhum Possuidor e não tenho um Objeto de valor. Amanhã vou quebrar esta ampulheta e jogar o pó de prata do alto daquele penhasco no mar.

— Se estivermos certos, se este realmente for um Objeto das Trevas, é o melhor que você pode fazer.

— Não quero que mais ninguém que eu ame morra.

— Ainda existe alguém mais que você ame?

Tom olhou para dentro da tenda, e seus olhos se cravaram em Gail.

Le Goff ficou sem entender aonde Antônio pretendia chegar com aquela conversa. Mas pensou em Gail, mesmo sem notar que o bardo se referia a ela.

O anão se moveu com a intenção de seguir para o bote, porém foi interrompido.

— Tenho certeza de que muitas vezes você voou nas costas de outro anão alado. Mas já se imaginou voando com as próprias asas? — perguntou Antônio. — Era tudo o que eu sempre desejei na vida: alçar meu próprio voo, do meu jeito, à minha maneira, com minhas próprias asas, sem precisar de mais ninguém.

Antônio Feroz realmente tinha a capacidade de tocar o ponto fraco das pessoas e fazia isso de maneira poética e sensível, com sua voz doce e sedutora.

O anão se lembrou de quando estava no calabouço bidimensional e usara os braceletes de Arnie pela primeira vez, quando suas asas atrofiadas haviam explodido, expandindo-se para os lados. Ele nunca tinha sentido tal prazer.

— Se em algum momento de minha vida eu tivesse feito tal voo sozinho, mas aterrissei porque, por algum motivo, me podaram, eu desejaria poder voltar no tempo e fazer as coisas de um jeito diferente, congelando aquele instante em que não precisei de ninguém para ser eu mesmo.

As palavras de Antônio mexeram com as emoções de Le Goff.

– Você sabe melhor do que ninguém que esse negócio de congelar o tempo acaba provocando a morte de uma pessoa amada – respondeu o anão, confuso.

– Não deveríamos amar ninguém antes de nos amarmos primeiro – rebateu o bardo.

Le Goff deu as costas ao bardo e caminhou vagarosamente para o barco.

Não sabia o que havia acontecido à beira do cais. As palavras de Antônio Feroz pareciam conter uma melodia, um som. Elas grudaram na mente do albino como cola, de modo que ele não conseguia mais arrancá-las.

De maneira assustadora, o anão teve pesadelos durante a noite. Ele se viu no Cemitério dos Anões com Arnie e o fantasma do feiticeiro Rafan.

Repetidas vezes, quando o gigante caía no abismo escuro do calabouço, diferentemente do que havia ocorrido, Le Goff não saltava para salvá-lo. Deixava o colosso morrer para ficar com as Pulseiras de Ischa e ter suas asas restauradas para sempre.

Embora ficasse curado de seu aleijão, era assombroso para o anão imaginar-se trocando sua alegria e felicidade pela vida do colosso.

A voz de Antônio Feroz se repetia como um mantra na mente adormecida do anão: não deveríamos amar ninguém antes de nos amarmos primeiro.

Le Goff acordou suado.

Ainda era madrugada e havia escuridão por todo lado no *Cachalote*.

O anão cutucou Isaac, percebendo que ele tinha um sono pesado. Sabia que seu amigo guardava o alforje com os Dados de Euclides na única gaveta do aposento, logo abaixo de onde ficava sua espada. Não podia pegar o Objeto sem a permissão de Isaac. Seria loucura.

Sabia, contudo, que precisava dele. Passou a sentir um desejo enorme de voltar ao calabouço bidimensional e rever Arnie.

A ideia de deixá-lo morrer para ficar com seus braceletes de força rodava no pano de fundo de sua mente, mas Le Goff tentava se justificar, conscientemente, de que queria apenas assistir de novo ao que ocorrera no cemitério.

Se fosse apenas isso, por que precisaria dos dados? Já possuía o Pergaminho.

– Acorde – sussurrou o anão, cutucando seu companheiro de quarto.

Isaac abriu os olhos, tentando enxergar na escuridão.

– Le Goff? O que foi?

– Desta vez, sou eu que quero seu Objeto emprestado – respondeu Le Goff baixinho.

Mais tarde, Isaac juraria que aquilo fora um sonho, por isso disse:

– Eu jamais lhe negaria isso, meu amigo.

Le Goff notou que Isaac nem sequer percebia que estava acordado. Aproveitou-se do estado de sonolência do amigo e pegou o Objeto, guardando-o em sua bolsa.

O anão começou a se aprontar rapidamente. Não queria companhia. Em silêncio, atravessou o corredor das acomodações, subiu ao tombadilho, desceu um dos botes na água e, na escuridão, remou até a praia.

O mar estava calmo, sem ondas.

A lua morria no horizonte oeste, e o céu começava a apresentar um azulado escuro, denunciando a chegada do dia.

Le Goff ancorou o bote no cais, sempre com a sensação estranha de que alguém o vigiava. "Impossível", pensou.

Quando já havia ultrapassado a grande tenda onde fora recebido pelos nativos no dia anterior, um vulto saiu de baixo do amontoado de velas e cordames do bote que usara para chegar escondido até a ilha.

# PARTE V

# O TÚMULO

Minutos mais tarde, no *Cachalote*, Isaac despertava, sentindo-se estranho. Tivera a sensação de entregar seu Objeto de Poder para Le Goff.

Só se deu conta de que realmente tudo havia acontecido quando abriu a gaveta e viu que os Dados não estavam mais lá.

Atordoado, vestiu-se, colocou sua espada na bainha e, ao abrir a porta de seu quarto, deu de cara com Letícia.

– O que houve? – perguntou ele, assustado.

– Seu amigo anão – respondeu a garota. – Ele foi sozinho para a ilha.

Assustado, Isaac atravessou o corredor, mas estancou em frente à porta do quarto de Antônio.

Letícia o seguia e percebeu a porta de outra acomodação se abrir silenciosamente. Gail surgiu. Estava curiosa para descobrir o que provocava toda a movimentação sutil do lado de fora de seu quarto. Fora acordada pelos passos indelicados de Isaac.

– O anão não está mais no navio – informou Letícia para ela.

Isaac olhou para as garotas e imaginou que elas estivessem pensando o mesmo que ele. Então abriu a porta do quarto de Tom. O bardo não estava lá.

Os três suspiraram.

– O que eles foram fazer na ilha sozinhos? – perguntou-se Isaac.

– Eu só vi o anão no bote – respondeu Letícia.

Gail não conseguia pensar em uma boa explicação.

– Talvez ele esteja lá em cima – disse antes de subir a escada e ser seguida por Letícia.

Isaac se deteve nos aposentos de Tom. Espiou o armário suspenso, abriu o baú, sacudiu a rede de descanso e não encontrou o que procurava: a Dobra de Ouro. Porém, ficou petrificado quando viu o que se encontrava em uma das gavetas: o *Diário do Anjo*.

Impossível! Isaac conhecia aquele livro maldito. Ele já o tocara uma vez.

Quando o folheou, estava no passado, na época de Euclides. Mas o livro tinha outro nome: *Necronomicon, o Livro dos Mortos*.

Fora por causa da leitura da segunda parte daquele diário que o matemático, criador dos dados mágicos, enlouquecera, chegando a tirar a própria vida.

– Por Mou!

Isaac o folheou e teve certeza de que era o mesmo livro. Não queria acreditar no que seus olhos viam, no que suas mãos tocavam. O couro da capa do livro fora feito com pele humana, e muitas de suas páginas haviam sido escritas com o sangue de inocentes. Sentiu o horror dominá-lo.

Letícia surgiu na porta do quarto e sussurrou:

– Ao que tudo indica, Tom também não está no navio. Mas eu não o vi no bote com seu amigo. Tenho certeza.

Um pressentimento ruim tomou conta de Isaac quando Gail se juntou a eles e disse:

– Precisamos ir atrás deles.

Isaac se arrependeu de ter rolado os dados em Corema para saber seu futuro ao lado da filha de Bátor. Ele se recordou da previsão que fizera.

Quando haviam conhecido Antônio Feroz, Isaac achara que Gail iria se apaixonar pelo bardo. E, ao que tudo indicava, isso ocorrera. Era uma possibilidade de se ver separado dela.

Um sentimento de morte rondava seu coração. Temia ir até a ilha. Algo de muito ruim estava para acontecer e poderia ser com ela. A previsão dos dados poderia se cumprir caso Gail morresse.

A ideia de que nem todos retornariam vivos daquela expedição tomou conta de forma avassaladora da mente de Isaac. De uma forma ou de outra, eles teriam que subir ao promontório.

Isaac teve um pressentimento estranho, como se pudesse prever o futuro, mesmo sem possuir os dados. Isso já lhe ocorrera anteriormente. Dessa forma, pegou o livro profano e o colocou em sua bolsa.

Ele não fazia a menor ideia da razão, mas, se aquilo representava perigo, seria melhor estar com ele para não prejudicar mais ninguém.

No alto do promontório, o vento soprava, intenso e gelado, carregando o cheiro do mar para as alturas. A vegetação, embora alta, ficava espaçada e desaparecia no cume onde se encontrava uma lápide sobre o túmulo solitário.

Le Goff ajeitou o gorro de sua blusa, cobrindo a cabeça. Apalpou um dos bolsos e conferiu que o alforje com os dados estava lá. No outro, escondia o Pergaminho.

O anão tinha muitas perguntas pululando em sua cabeça.

Não fazia ideia do que encontraria na cova. Não levara nenhuma ferramenta, caso fosse necessário cavar. Remar, mesmo com o mar calmo, já era algo difícil para ele. Não teria forças para subir o morro carregando peso. A encosta íngreme, mesmo com a trilha bem delineada, consumira todas as suas energias. Contudo, estava disposto a descobrir de uma vez por todas o mistério do túmulo do promontório.

A passagem no meio da vegetação seguia a borda lateral do rochedo. Em determinado trecho, ela diminuía até desaparecer no lado leste, exibindo a altura em que ele se encontrava. Uma queda poderia significar a morte.

O anão se assustou. Estava exausto. Um vento ligeiramente mais forte do que o que soprava poderia jogá-lo sobre as pedras no mar.

Outra vez, ele se recordou do incidente na entrada do covil dos goblins, quando quase caíra de uma altura semelhante, mas um Arnie do futuro o salvara.

Conectando-se com a figura do colosso, um segundo pensamento lhe ocorreu, não pela primeira vez: a possibilidade de viajar até o calabouço bidimensional e deixar Arnie morrer para ele ficar com os braceletes. Era o que Tom lhe havia sugerido afinal, não era?

Entretanto, não havia como Antônio Feroz saber sobre o que ocorrera no calabouço do Cemitério dos Anões. De onde ele havia tirado aquela ideia de alçar voo sozinho? Teria sido apenas uma metáfora que coincidia com a possibilidade dos fatos?

"O que estou fazendo?", perguntou-se Le Goff, parando para respirar um pouco do ar fresco.

O sol se erguia a leste, num espetáculo glorioso.

Le Goff tocou o Pergaminho em seu bolso. Poderia fazer o que bem entendesse. Seria capaz de mudar qualquer coisa no passado – afinal, também estava com os dados. Mas hesitou quando se lembrou de que ser salvo por Arnie fizera com que Huna fosse morta em seu lugar. Sabia que o universo alteraria a nova linha temporal para que, em algum instante, a história mantivesse resultados próximos do que precisava acontecer. Uma vida por outra vida.

Voltou a caminhar, ofegante, ainda indeciso.

Escutou um ruído, virou-se, mas não viu ninguém, mesmo que a sensação de que estivesse sendo seguido persistisse.

Estava cada vez mais próximo do túmulo. Seu coração batia acelerado.

A trilha acabou, e um terreno imenso de rocha sólida para todos os lados se abriu para o albino. Conforme caminhava para perto da sepultura, o mar desaparecia de sua vista. E, na linha do horizonte do rochedo, via-se apenas o céu cada vez mais claro e azul.

Le Goff finalmente chegou diante do túmulo. O monumento era modesto, porém fabricado com robustez capaz de suportar as intempéries.

A longa pedra retangular e relativamente delgada que deveria cobrir o buraco sepulcral jazia, rachada, ao lado da cova. O túmulo estava vazio. Não havia absolutamente nada em seu interior. Nem grama ou fungos pareciam crescer ali.

O vento emitiu um uivo agudo e enregelou a espinha do anão. Seus olhos, após esquadrinharem por longo tempo o túmulo, caíram sobre o epitáfio gravado na lápide: "Um anjo que partiu cedo para ir morar no céu".

Para horror de Le Goff, acima da frase, estava escrito o nome do morto que deveria ocupar o túmulo: Antônio Feroz Baamdô. Morrera com quatro anos.

Estarrecido e completamente perplexo, o anão não teve tempo para refletir no que acabara de descobrir. Uma voz por trás o assustou.

– Encontrou o que procurava?

Ao se virar, descobriu que Tom o seguira.

– Foi você que alterou as coordenadas do navio, não foi? Queria chegar até aqui de qualquer maneira – continuou o bardo, dessa vez com o tom de voz mudando de tolerante para intimidatório.

– Eu não entendo – sussurrou o anão, ainda confuso. – Está escrito seu nome na lápide. Há dez anos, você foi enterrado aqui.

– Na verdade, eu deixei de existir há bem mais tempo do que isso.

Antônio Feroz soltou uma gargalhada diabólica, que fez Le Goff desejar não ter buscado por respostas. O anão já estava arrependido de ter ido até o túmulo sem seus amigos Isaac e Gail.

– Você não é Antônio Feroz – disse o albino, começando a entender o que ocorria. – Você está apenas usando o corpo dele.

– Já estive em muitos corpos. Eu fundei o império de Ignor assim que o Reino de Enigma foi criado. Eu causei a inimizade entre os anões alados e os gigantes. Eu corrompi o coração de Cassilda, fiz uma geração inteira de aqueônios cortarem a cauda e os escravizei. Instaurei ódio entre muitos povos de Enigma. Aprisionei Lilibeth no alto de uma torre, quase fiz a Rainha da Noite matar a própria filha, provoquei a morte de todos os primeiros Possuidores. – Antônio Feroz, ou o que quer que estivesse possuindo seu corpo, riu sarcasticamente. – Mas eles conseguiram esconder muito bem seus Objetos para que eu não os encontrasse. Eu fui extremamente paciente, pois sabia que um dia eles retornariam para mim.

– Você é Hastur!

Ainda incrédulo, Le Goff deu um passo para trás. Tremia de medo.

– Foi assim que você escapou do Repouso Maldito dos Deuses – concluiu o albino, estupefato. – Você se apodera do corpo das pessoas.

– Não das pessoas – corrigiu Tom –, dos mortos, de alguém que acabou de morrer.

O anão olhou para a sepultura vazia. Não havia nada nela que indicasse o corpo de um homem, de uma criança ou um animal.

– Quem era Antônio Feroz?

– Ninguém importante. Apenas um menino que caiu do promontório, afogou-se e foi enterrado aqui por seus pais. Liutprand viajava por essas bandas do oceano à procura de meu diário e da Dobra de Ouro.

– O *Diário do Anjo* – completou o anão. – Foi você que o escreveu.

– Sim. Quando ele encontrou o livro, encontrou também o garotinho que havia sido enterrado neste túmulo. Eu já havia possuído o corpo da criança e me jogado ao mar, onde ele me resgatou e me entregou para Ismael. Eles eram bem mais jovens e eram amigos. Meses antes, a esposa de Ismael havia morrido em um acidente no Pântano Cálido junto com o filho recém-nascido. Ismael estava desolado e aceitou a criança trazida pelo maestro. Mudou-se de Dariel para Parveen para recomeçar sua vida. Sempre temeu que Liutprand me contasse a verdade.

– Mas você sabia de tudo o tempo todo.

– Eu sempre soube. O que um demônio mais tem é paciência. Eu forjei tudo, até mesmo este encontro. E esperei.

Antônio anuiu e caminhou na direção de Le Goff.

O anão retrocedeu na mesma medida.

– Agora eu compreendo por que você hesitou tanto em atirar o arpão na cabeça do monstro marinho. Não era coragem que lhe faltava. O arpão que quase matou Gail também foi intencional. Como pôde fazer uma coisa dessas?

– O kraken foi um presente meu para vocês. Eu não estava cantando para interferir no feitiço das sereias, estava chamando o animal para destruir o navio. – Antônio fez uma pausa e explicou: – Quando vi que, no templo, sua amiga não havia ficado congelada, quando virei a ampulheta, percebi que um Objeto de Poder havia chegado até mim. Para minha surpresa, você e Isaac também possuíam outros.

Le Goff ficou petrificado. Não teve dúvidas de que o bardo sabia que os Dados de Euclides estavam em seu bolso. Afinal, ele dissera que planejara tudo. Então o alado compreendeu a conversa da noite anterior e a sedução que lhe causara.

– Você cegou Gail. Com a mesma voz suave, convenceu Isaac a olhar para o passado dele. Precisava fragilizar todos nós. Usou o mesmo tipo de feitiço para me fazer trazer o Objeto de Isaac para você.

– Como um bom anão alado, você deveria conhecer o poder da persuasão de um bardo, o poder da sugestão – respondeu Tom com sagacidade e cheio de orgulho.

– Você fez Letícia se sentir culpada por não contar a verdade que ela descobrira sobre nós, quando era você que mentia o tempo todo. Você é realmente muito mau. Usa um dos maiores poderes que existe, o da mentira. Você acusa as pessoas do que você é. Você as acusa daquilo que você faz.

– Quando se está aprisionado, o único poder que se tem é este, o da mentira – riu Tom. – Mas isso não vai durar mais. Você me trouxe Objetos de Poder. Eu estarei livre em breve.

– Se depender de mim, você não os terá.

– Se você tivesse tanto controle da situação como pensa que tem, nem sequer estaria aqui – afrontou Tom. – Dizem que a melhor maneira de manipular alguém é conhecendo sua dor. Mas você não se dobrava à dor. Então busquei conhecer sua ambição. Funcionou. Sempre funciona. Vocês são todos iguais.

Aflito ao perceber que caíra numa emboscada, Le Goff sacou a adaga que trazia consigo.

– Não se aproxime, Tom… Hastur… Tom. Você não terá os Objetos que estão comigo.

Le Goff tremia com a mão esticada, apontando a lâmina para seu oponente.

– Pode me chamar do que você quiser. Seu tempo está acabando – respondeu o bardo, rindo como um demônio. – Pode ser que eu precise dos Objetos, pode ser que eu precise apenas de seu corpo. Já pensou que posso descer por aquela trilha e me encontrar com seus amigos fingindo ser o Branquelo?

A ideia de Hastur possuir o seu corpo e se passar por ele enlouqueceu Le Goff.

– O que você pode fazer agora? Rolar os dados, ver o futuro e descobrir que eu liberto os deuses exteriores do confinamento? Que eu destruo Moudrost e deformo todas as coisas que ele criou neste mundo e nos outros? Ou você prefere voltar no tempo e arriscar alterar tudo o que aconteceu até este momento? – riu. – Poderia ter as asas funcionando se tentasse. Já pensou?

Antônio Feroz voltou a repetir a ideia que ficara martelando na cabeça do anão por toda a noite.

– É isso que você quer de mim, que eu modifique o passado. Por que isso é tão prazeroso para você? – Le Goff mesmo respondeu à sua pergunta: – Porque é um modo de dizer que o que Moudrost fez, seja algo alegre ou triste, bom ou ruim, não foi perfeito o suficiente, não é?

– É uma maneira de você se sentir um deus. Mudar a história é uma das coisas mais poderosas que alguém pode fazer, Branquelo.

– O objetivo é me fazer negar a perfeição e a sabedoria do Criador de todas as coisas. Eu sei aonde você quer chegar.

– Ele não é tão perfeito assim, não seja tolo. Você nunca o viu – respondeu Antônio após sua fisionomia se alterar profundamente. – Você nem sequer tem certeza de que ele existe.

Le Goff percebeu o ódio consumir o olhar de seu adversário. Ele não gostava de ouvir as pessoas elogiando Moudrost ou mesmo acreditando que ele fosse real.

O anão não via outra saída que não fosse correr, mas sabia que estava cansado e não conseguiria fugir de Tom. Se gritasse, não haveria ninguém para escutá-lo.

– Você sabe que não pode arrancar os Objetos de mim. Você libertaria um lictor.

– Não queira dar uma aula sobre os Objetos de Poder para mim! Eu os vi serem criados, cada um deles – zombou Antônio. – Eu estava lá.

Le Goff correu para um lado, e o bardo o cercou. Então correu para outro, e lá também estava o bardo à sua frente. Antônio era muito veloz e não parecia estar cansado – afinal, não remara do navio à praia como o anão.

Com força violenta, Le Goff foi lançado ao chão, após ser empurrado. Bateu o cotovelo e as costas, tentando amenizar a queda, e a dor quase o cegou.

Como uma serpente dando seu bote, Antônio foi para cima do anão novamente e chutou sua barriga. Antes que Le Goff pudesse se recuperar, um segundo chute arrancou a adaga de sua mão, e ele rolou dois metros.

A lâmina caiu próximo à beira do precipício.

O anão tentou se arrastar, mas ficou preso sob os pés de seu opressor. Uma dor lacerante percorreu seu pequeno corpo.

Le Goff estava com os braços e o rosto arranhados e cheios de hematomas. Sacou o Pergaminho do bolso na tentativa de fazer uma viagem no tempo. Contudo, ficou confuso.

Se voltasse, não poderia revelar para ninguém, nem para si mesmo, quem era Antônio Feroz. Não poderia dar pistas que fizesse o presente ser alterado. Ele sabia que era exatamente isso que Hastur queria que acontecesse. Le Goff estava confuso e muito ferido.

Ele viu quando Tom pegou a adaga no chão. Ficou ainda mais apavorado sabendo o que estava prestes a acontecer. Pensou em seu pai, em sua tribo de anões alados nas Altaneiras. Os *flashes* em sua mente foram rápidos como os de alguém que está à beira da morte. Lembrou-se também de Lili, a bibliotecária. Não estava preparado para morrer. Quem está? Arrependia-se de muitos de seus atos. Pensou em Arnie. Não havia mais escapatória. Já fora salvo vezes demais de cair no abismo dos goblins, de cair da torre em Corema.

Foi nesse exato momento que ele fez a viagem no tempo e se encontrou com Aurora, Pedro, Arnie e Chifrudo na praia da cidade de Bolshoi.

## O TÚMULO NO PROMONTÓRIO

O anão sabia que Tom ia matá-lo. Essa era a única maneira de o bardo ficar com os Objetos de Poder sem que a maldição do lictor caísse sobre ele: matando seu Possuidor. Assim, consciente de sua morte, Le Goff tinha somente uma coisa a fazer – ou, pelo menos, foi a única ideia derradeira que lhe veio à mente: pedir que Aurora, Pedro e Arnie ajudassem Isaac e Gail no promontório. Até que ponto isso modificaria o futuro era pura incerteza. A questão seria modificá-lo o menos possível, evitando que as mortes deixassem de ocorrer. Arriscou.

Antônio Feroz olhou ao redor, tentando perceber se algo se modificara. Como um anjo poderoso, ele era sensível à abertura de uma fenda temporal capaz de gerar uma nova linha do presente.

– Você fez a viagem! Mas nada aconteceu – sussurrou o demônio que ocupava o corpo do bardo. – Desistiu de ter suas asas? Maldito!

Quando Le Goff conseguiu se levantar, sentiu a lâmina entrando no seu abdômen.

– Seu anão imprestável!

Os olhos azuis do albino perderam vida, seu corpo amoleceu e ele tombou imóvel na rocha.

Antônio Feroz vasculhou os bolsos do casaco de Le Goff e encontrou o alforje de Isaac. Arrancou o Pergaminho do Mar Morto da mão enrijecida do albino e em seguida chutou seu corpo na direção do precipício, que rolou por três vezes antes de cair do alto do promontório. Chutou também a adaga usada para feri-lo.

De repente, Antônio ouviu a voz de Gail gritando por Le Goff.

Tom se virou na direção da trilha e percebeu que tinha algum tempo antes de ser descoberto. Com a parte de baixo de sua blusa, limpou o pouco de sangue que tinha nas mãos. Escondeu os Objetos de Poder em seus bolsos e chegou à beirada do penhasco.

Notou, para sua infelicidade, que o corpo do anão não caíra na água ou nas pedras. Ficara pendurado em um galho, a meio caminho do mar.

Odiou-se por não o ter chutado com mais força, pois, quando o navio deixasse a baía, certamente iriam vê-lo.

– Tom!

Isaac gritou pelo bardo. Ele vinha acompanhado das garotas.

Seria imprudente fingir que não tinha visto o anão para, em seguida, ser pego na mentira. Dessa forma, Antônio levantou os braços como alguém que pede ajuda.

– Branquelo... – gritou antes mesmo que chegassem até ele – ... pulou do penhasco.

Isaac desejou não acreditar no que ouvira. Parou na beirada do promontório, ainda olhando com desconfiança para o bardo. Entrou em agonia quando viu o corpo de Le Goff pendurado.

– Como isso aconteceu? – perguntou, consternado e com lágrimas começando a escorrer pelos seus olhos.

– Eu não sei – respondeu Tom. – Eu o segui até aqui. Ele parecia confuso. Acho que queria se jogar.

Gail estava aflita. Tomou cuidado ao chegar à margem limítrofe do promontório. Viu o corpo do anão imóvel, preso pela malha de sua roupa, e também ficou chocada. Então, começou a gritar:

– Le Goff! Le!

Letícia não se aproximou da beirada do precipício. Simplesmente encarava Tom com incredulidade e suspeitas. Para a filha do maestro, aquele velho amigo, o bardo, tornara-se um desconhecido no decorrer da viagem. Ela sabia que ele estava mentindo. Por isso resolveu afastar-se. Estava com medo.

Isaac correu de um lado para o outro, perdendo o corpo do anão de vista. Procurava por um caminho vertical no rochedo capaz de levá-lo até o corpo do albino.

Gail esganou um grito de horror. Pensou em usar o Cubo de Random para manipular o vento e jogar o corpo de Le Goff no mar, longe das pedras, mas temeu cometer algum erro. Para ela, o anão parecia estar desacordado e poderia se afogar.

"E se ele estiver morto?", pensou.

Isaac voltou a se aproximar da beirada, sempre tomando cuidado para não cair.

– O corpo dele está se mexendo! – gritou o matemático, para espanto do bardo.

Letícia percebeu que todos haviam ficado atentos à beirada do rochedo, e então aproveitou para caminhar na direção do túmulo, sem ser notada. Estava realmente com muito medo de tudo o que vinha ocorrendo na viagem.

– Acho que consigo chegar até ele – disse Isaac, retrocedendo até a trilha que o levara ao topo do penhasco.

– Não dá tempo. O galho vai se romper antes que você consiga chegar – gritou Gail.

Antônio ainda olhava para o corpo do anão, pensando que tivesse se enganado e que Le Goff realmente morrera. Contudo, viu os pequenos braços do anão se mexerem. O ódio o possuiu, mas ele se conteve para não deixar que seu crime fosse descoberto.

Recordou-se de ter enfiado a adaga até o fim contra o corpo do anão. Sentira a lâmina cortando com profundidade. Seria o suficiente para matá-lo.

O que o bardo não sabia era que, ao viajar no tempo, imediatamente antes de receber o golpe fatal, no passado, Arnie trocara a roupa de baixo do albino, vestindo-o com um tecido muito grosso. A trama da vestimenta amortecera o impacto da facada. A maior parte do que foi cortado era tecido de roupa de gigante e não de pele e órgãos de Le Goff.

– Tom!

A voz de Gail pareceu despertar Antônio de um transe. Ele olhava para baixo e maquinava uma forma de resolver a confusão em que se metera, ainda tentando descobrir por que o anão sobrevivera.

– Tom! – gritou novamente Gail. – Você precisa usar a ampulheta. Precisamos de tempo para Isaac chegar até Le Goff.

Antônio relutou.

– Eu não posso – respondeu Tom.

Ao ouvir aquilo, Isaac parou a meio caminho de chegar ao fim da trilha, onde começaria a escalar, descendo a parede do promontório.

– Não temos outra chance – explicou Gail, aflita. – Ele está vivo. Se não ganharmos tempo, o galho pode quebrar, e ele vai cair nas rochas.

– Se eu usar a Dobra de Ouro, você morrerá, Gail!

Isaac não acreditou no que ouvira. Letícia, que se afastara do grupo, muito menos. Aquilo soara como uma declaração de amor. Não passava, porém, de Hastur enganando-os mais uma vez.

O coração de Gail se aqueceu e, ao mesmo tempo, estremeceu. Era uma maneira de o bardo dizer que ela se tornara a pessoa que ele mais amava na vida, após ter perdido Ismael e Liutprand. Sentiu-se amada, mas também precisava salvar seu amigo anão.

A última coisa que Isaac e Gail tinham era tempo para tomar uma decisão. E agora a decisão se tornara mais difícil.

No corpo do bardo, Hastur agira com astúcia. Conseguira deixá-los indecisos. Se a ampulheta fosse girada, existiria a possibilidade de salvar o anão, porém, Gail morreria. Era a vida dela ou a de Le Goff que estava em jogo.

Letícia continuava atordoada com o que acontecia e também cheia de suspeitas em relação a Antônio Feroz. Ela sabia que ele estava jogando um jogo de xadrez com Isaac e Gail. Finalmente, ela se aproximou do túmulo do promontório. Inevitavelmente, seus olhos caíram sobre a inscrição da lápide, que lhe provocou um terror ainda mais intenso.

Letícia se perguntou repetidas vezes por que o nome de Antônio estava escrito ali.

Inesperadamente, um vulto enorme se elevou no horizonte do penhasco. Um grasnar irrompeu do céu como o som de um trovão, e uma língua de fogo cortou o ar, quase atingindo Gail e Antônio Feroz.

Uma enorme ave amarela, semelhante a um pássaro, mas que cuspia fogo como um dragão, começou a atacá-los.

# ADEUS E OLÁ

A ave sobrevoou novamente o topo do promontório e cuspiu outra língua de fogo na direção do bardo e da garota.

Isaac, que permanecia próximo à trilha, conseguiu se esconder na vegetação que a ladeava. Letícia se abaixou atrás da lápide, embora ainda pudesse ser vista pela monstruosa ave.

Todos se lembraram imediatamente da lula gigante que quase destruíra o navio. Não deveriam ter subido o monte sem antes conversar com os moradores da ilha. Estavam em uma região perigosa e desconhecida.

Isaac aguardou o pássaro se afastar e correu até Letícia.

– O que ela está esperando? – perguntou o garoto, tentando prever os movimentos do monstro voador. – Se quisesse, já teria queimado Tom e Gail vivos.

– Talvez ela esteja atrás apenas de um deles – respondeu a filha do maestro.

Aquilo não fazia o menor sentido. Mas Isaac não contrariou Letícia. Em vez disso, gritou para Gail correr até onde eles se encontravam, no túmulo.

– Corra para cá!

Quando Gail ameaçou seguir as instruções de Isaac, Antônio puxou seu braço e, do alto, outra língua de fogo desceu, emparedando-os.

– Você precisa ver isso – disse Letícia, chamando a atenção de Isaac para a inscrição do túmulo.

Os olhos do garoto ficaram hipnotizados quando leu o nome de Antônio na lápide. Aquilo era surreal.

A ave batia as asas sobre eles, imóvel.

Ainda possuindo o corpo do bardo, Hastur reformulou seu plano maquiavélico de destruição. Tinha Objetos de Poder o suficiente para fazer o que pretendia, mas queria também o cubo de Gail, e ninguém mais seria capaz de detê-lo.

Isaac não acreditou quando viu o bardo retirar a Dobra de Ouro do bolso. Ele a ergueu e, intrepidamente, jogou-a com toda a força contra a rocha.

O vidro da ampulheta se quebrou, e o pó começou a vazar do bulbo superior para fora do Objeto. No mesmo instante, o tempo parou, como sempre acontecia. Somente o bardo, a ave e Isaac continuaram se movendo.

Antônio encarou Isaac com estranheza. Se os Dados de Euclides não estavam mais com ele por que, então, ele não ficara congelado?

Olhou para o lado e ficou surpreso: Gail parecia uma estátua.

Não teve muito tempo para pensar. Segurou o braço congelado da filha de Bátor e, de repente, jogou-se, puxando a garota consigo para dentro de um círculo de energia que se abriu a seu lado. O portal se fechou no exato momento em que uma rajada de fogo atingia o local.

A ave emitiu um grunhido ensurdecedor.

Isaac olhou para Letícia, congelada a seu lado, depois para a ave que se movia no céu. Nada fazia sentido.

Ele caminhou até o que sobrara da Dobra de Ouro. O pó de prata se esvaía do Objeto. E, com exceção dele e da ave, tudo permaneceu paralisado até que o último grão da ampulheta se perdesse nas reentrâncias da rocha do promontório.

"Para onde foram, Gail e Tom?", perguntou Letícia a si mesma, confusa quando o tempo voltou a correr.

A ave pousou a seu lado, no túmulo. Amedrontada, Letícia olhou dentro dos olhos azuis da criatura. Suas penas amarelo-esbranquiçadas refletiam os raios do sol, num brilho intenso.

– Antônio a levou – respondeu Isaac.

– Para onde?

– Não sei. Um portal se abriu, e eles desapareceram – explicou, desolado.

– Aquele não era Antônio – corrigiu Letícia, pensando no que lera na lápide.

– Então quem era?

– Eu não sei.

Sobressaltado, Isaac se lembrou de que Le Goff ficara pendurado no penhasco.

– Le Goff! – gritou, enquanto corria, desesperado.

Chegou à beira do promontório e viu que o albino não se encontrava mais nos galhos do rochedo.

– Ele caiu, Letícia! – gritou, procurando o corpo do anão no mar.

As ondas continuavam a chicotear o rochedo, sem sinal do albino.

Isaac se ajoelhou, segurando o choro.

– O que aconteceu? Eu fracassei completamente nesta missão – revoltou-se Isaac. – Perdemos Gail e Le Goff.

Inesperadamente, o garoto sentiu uma ventania tocar-lhe as costas e um relincho rasgar o som de seu lamento. Olhou para trás e não acreditou no que via.

Um cavalo alado pousava sobre o promontório. Ele era seguido por outro animal voador, que Isaac só conseguiu reconhecer quando se aproximou deles.

O cavalo era, na verdade, um unicórnio, Chifrudo. E a mulher que o montava era Aurora. Pedro vinha montado em um gato alado, que Isaac identificou como sendo Arnie, pois o vira transformar-se quando se jogara da torre do castelo, em Corema.

Letícia ficou encantada quando os animais pousaram a seu lado e a fada sorriu para ela.

Quando Pedro desmontou, o gato se transformou na figura do gigante gentil.

– Isaac! – exclamou o aqueônio.

– Não compreendo – disse Isaac. – O que vocês estão fazendo aqui? Como me descobriram?

– Le Goff nos procurou. Ele fez uma viagem no tempo e disse que precisavam de nós – respondeu Aurora. – Onde ele está?

– Morto.

Chifrudo relinchou ao escutar Isaac dizer aquilo. A fada, o aqueônio e o gigante se entristeceram.

– Ele caiu do penhasco – explicou Isaac, antes de ser interrompido pela enorme ave, que agora parecia bem menos ameaçadora.

O pássaro gigante emitiu um som gutural.

– Quem é ela? – perguntou Aurora, referindo-se a Letícia. – E essa ave estranha?

Pedro olhou nos olhos do pássaro e escutou uma voz.

– Letícia é uma amiga que fizemos nesta jornada – explicou Isaac. – É uma longa história.

– Le, é você? – perguntou Pedro, chamando a atenção de todos.

Arnie se aproximou um pouco mais da gigantesca ave e reconheceu aqueles olhos azuis enormes.

– Le Goff, o que você faz no corpo de um animal como este? – perguntou o gigante.

– Ele disse que Antônio roubou seu Pergaminho e libertou seu lictor – explicou Pedro.

– Quem é Antônio? – perguntou a fada. – Pedro, do que você está falando?

O aqueônio apontou para a ave e disse:

– Por causa da Pena de Emily, consigo ler os pensamentos do pássaro. Le Goff está em algum lugar dentro deste animal.

Todos olharam meticulosamente para a ave e perceberam que ela era albina. Pedro continuou falando:

– Antônio Feroz morreu ainda criança aqui nesta ilha. Hastur encarnou em seu corpo e esperou anos até que os Objetos chegassem a ele.

Imediatamente, tudo fez sentido na cabeça de Isaac e Letícia. Ela se lembrou de quando cantava para salvar a tripulação do *Cachalote* das garras das sereias. Antônio começara a cantar junto com ela, mas havia algo de errado com a música que saía da boca dele.

Isaac se recordou de ter visto Antônio acionar o lançador de arpões e quase acertar Gail. Cada ação estranha do bardo passou a fazer sentido na mente de Isaac.

Pedro continuou a falar o que ouvia do pássaro. O aqueônio sabia que eram coisas que Isaac precisava ouvir.

– Hastur possui os Dados de Euclides, o Pergaminho do Mar Morto e o sétimo Objeto, a Forquilha de Haendel. O Objeto de Poder dos anjos era o diapasão que Liutprand carregava trancado na caixa com portinhola de vidro.

– Você tem certeza disso? – perguntou Isaac.

– Ele disse que o *Diário do Anjo* confirmará sua suspeita – relatou Pedro.

Nesse momento, Isaac levou a mão à bolsa. O livro maldito estava com ele, mas ele não revelaria isso ainda para seus companheiros.

Ao ouvir falar do diapasão, Letícia balançou a cabeça afirmativamente, pois fazia sentido um Objeto com simetria e que emitia um som.

– Hastur sempre soube que era o diapasão. Ele sabe usar melhor os Objetos do que qualquer um de nós. Foi dessa maneira que fez com que o pergaminho abrisse um portal, transportando-o para o Deserto da Desolação.

– Como você sabe que ele foi para lá? – perguntou Isaac, deixando de fitar Pedro para encarar a ave.

Pedro continuava respondendo o que escutava da mente do animal.

– Porque um lictor consegue sentir onde se encontra o Objeto que o libertou. E Hastur sabe que Le Goff, ou melhor, essa ave gigante – corrigiu Pedro –, vai caçá-lo. Ele levou Gail porque pretende roubar o cubo que está com ela.

Isaac olhou novamente para Pedro.

Mesmo sem ainda saber da história de Letícia e Antônio, Aurora e Arnie compreenderam o que sucedia e temeram pela vida de Gail.

– O Cubo de Random não está com ela – disse Isaac, tirando o Objeto de seu bolso.

O cubo prateado reluziu.

– O que ele faz com você? – perguntou Pedro, repetindo a pergunta que ouvira de Le Goff.

– Quando Gail pediu que Tom usasse a ampulheta, ela sabia que eu estava sem os dados, porque eu contei para ela enquanto tentávamos entender para onde você tinha ido hoje pela manhã, Le. Eu não poderia ficar congelado quando Tom parasse o tempo, pois tinha de resgatar você. Assim, ela me passou o cubo, mas Antônio estava muito distraído e não percebeu. Ele ficou algum tempo hipnotizado, observando seu corpo se mexer nos arbustos do rochedo. Quando por fim ele quebrou a Dobra de Ouro, quem ficou presa no tempo foi Gail.

– Que negócio é esse de parar o tempo? – perguntou Pedro.

– É uma longa história que terei de contar para vocês.

– Por que ele levaria Gail, se já sabia que ela não estava com o Objeto? – perguntou Letícia.

– Ele viu que o cubo estava comigo, mas, se ficasse aqui por mais tempo, seria morto pelo lictor. Provavelmente, levou Gail embora para ter com o que negociar conosco, caso seja necessário. Eu não sei. Ele é maquiavélico e premeditado, muito paciente e astuto. Mas eu sei que ele vai tentar roubar o cubo de mim. Vai tentar roubar todos os nossos Objetos de Poder.

A ave soltou um grito estridente, confirmando o que Isaac dissera.

– Ele pretende usar os Objetos que estão com ele para acordar os Deuses Externos do Repouso Maldito. As duas dimensões se fundirão, e finalmente o caos será trazido até Enigma – revelou Pedro, informando o que acabara de ouvir de Le Goff.

Isaac olhou para Letícia, para Aurora, para Pedro e depois para Arnie.

– Já sabemos para onde devemos ir – comentou, encarando a ave albina. – Você irá atrás de seu Objeto, e eu irei atrás de Gail.

# EPÍLOGO

Quando Gail abriu os olhos, estava tudo embaçado. Ela estava deitada em um terreno arenoso e olhava para o céu.

A imagem distorcida de um garoto surgiu em seu campo de visão, mas não pegava foco. A dor de cabeça que Gail sentia a fez fechar os olhos.

– Tom, é você? – perguntou.

Abriu novamente os olhos e sentiu o mundo girando. Precisou piscar várias vezes para conseguir manter os olhos abertos sem a sensação de tontura.

– Tom, o que aconteceu?

O silêncio permanecia, assim como a imagem desfocada do garoto que a observava.

Ele estendeu a mão, ajudando-a a sentar-se.

Gail limpou os olhos com a manga de sua blusa e percebeu que melhorava. Sentiu-se aliviada quando recuperou a visão, e surpresa, contudo, quando viu que o garoto que estava diante de si era Isaac Samus.

Lembrou-se da gigantesca ave que os atacara e girou o corpo para procurar o animal.

– Onde está Tom? Onde está Letícia? – perguntou, confusa.

Embora sentisse a umidade do mar, não estava mais no alto de um promontório nem sentada sobre uma rocha.

– Onde estamos? O que aconteceu, Isaac?

Assustada, quando se levantou percebeu um corte no pescoço de seu amigo.

– Você está ferido. Foi aquela criatura voadora que fez isso?

– Eu não sei, Gail – respondeu o garoto. – Mas não se preocupe. Eu estou bem. Isso foi só um arranhão.

– Sua voz... O que aconteceu com ela?

Isaac pigarreou e tossiu.

– Não faço a mínima ideia do que aconteceu com minha voz. Lembro-me de ter gritado para que você viesse em minha direção...

– Isso não faz sentido. Não faz! – repetiu ela.

– Eu vi Tom parar o tempo, mas a ave continuou se movendo. Eu corri na direção de vocês. Temia por sua vida. Então ele me passou isso e foi capturado pela língua de fogo que saiu da boca do pássaro.

Isaac tirou uma caixa metálica do bolso, e Gail viu um Objeto no formato de forquilha dentro dela, através do vidro.

– Quando eu peguei o diapasão de Liutprand e toquei em você, nós fomos transportados para este lugar. Não sei nada sobre Letícia, mas, Gail – disse Isaac com a voz embargada –, eu vi Tom morrer queimado pela chama que saía da boca daquela imensa criatura voadora.

Gail emudeceu. A perplexidade a tomou de uma maneira avassaladora, e a dor de cabeça pareceu retornar. Ela olhou ao redor e viu um enorme deserto pedregoso diante de si. Ao longe, três enormes pirâmides imponentes.

– Venha! – chamou Isaac. – Eu cuidarei de você.

Os dois começaram a caminhar na direção dos monumentos.

Atrás de uma pedra, no sentido oposto para o qual eles seguiam, jazia Antônio Feroz Baamdô. Hastur abandonara o corpo do bardo e entrara no corpo do irmão gêmeo de Isaac Samus, que acabara de falecer após fugir das Ruínas de Zara, ferido por Bátor, o paladino.